초록도 존엄이있다

이유걸 시집

신세림출판사

분강(汾江) 이유걸 님의 문집에 부쳐

이 시 환 (시인/문학평론가)

분강(汾江) 이유걸 님의 70평생을 마무리 짓는 문집(文集)이 2권으로 나오게 됨을 먼저 축하드린다.

한 권은, 시집(詩集)으로서 『초목도 존엄이 있다』인데, 전체 344페이지로 330여 편의 작품이 /생활/산/자연/ 등 3부로 나뉘어 실려 있다. 그리고 다른 한 권은, 『서달산』인데, 전체 352페이지로 154편의 작품이 /콩트(이야기가 있는 詩)/잠언 및 수상록/수필/ 등 3부로 나뉘어 실려 있다. 두 권을 합치면 700여 페이지가 되는 방대한 양이다.

분강 선생은 1948년 2월 경북 안동 출생으로 안동중학교와 대구상업고등학교를 졸업하고 은행에 입사하여 행원으로부터 지점장 직까지 무사히 마친 금융인으로서 평생을 살아왔다 해도 틀리지 않는다. 뿐만 아니라, 면학(勉學)도 꾸준하게 하여 서경대학교 경제학과를 졸업하였으며, 또한 틈틈이 붓글씨를 써서 다수 입상한 서예가로서 활동하기도 했으며, 일기를 쓰듯 성실하게 써온 글들로써 만년(晚年)에 시인으로서 등단 절차를 밟은 늦깎이 문사(文士)가 되어 열심히 살아가고 있다.

두 종의 작품집에서 분강 선생 스스로가 밝히고 있듯이, 문장(文章)은 다소 투박하고 거친 면이 없지 않으나 진솔하고 소박하여서 오히려 화려한 문체가 주는 감동과는 다른, 보다 근원적인 큰 울림이 있다. 그 울림의 뿌리는 자신에게 솔직한 진실(眞實)에 있지 않나 싶다. 따라서 분강 선생의 이 책들을 다 읽고 나면, 분명, 분강 선생 개인의 일상적인 태도, 관심 분야, 가치관, 세계관 등을 있는 그대로 다 들여다보는 셈이 될 것이며, 동시에 '이유걸'이라는 한 개인의 성격, 기질, 문장력, 타고난 심성까지도 충분히 헤아릴 수 있게 될 줄로 믿는다. 필자 역시 이 두 종의 책을 처음부터 끝까지 다 읽음으로써 분강 선생의 진면목을 비로소 이해하게 되었음은 부인할 수 없다.

분강 선생이 70평생을 살면서 지금껏 가꾸어온 과수(果樹)의 결실인 이 두 종의 문집 속에는 자연의 조화로움과 아름다움에 대한 예찬이 있고, 사람과 사람 사이 관계에 대한 온정과 의리가 넘치며, 간간이 그만의 풍류도 엿보인다. 뿐만 아니라, 인간 사회에서 직간접으로 경험하게 되는 위트 넘치는 익살과 해학도 있고, 동시에 우려와 근심도 없지 않다.

아무쪼록, 분강 선생의 인생을 총정리하는 이 문집이 가까이 있는 가족과 지인들로부터 사랑 받기를 원하며, 가능한 한 널리 읽히어 일상생활 속의 재미 내지는 지혜를 더해 주었으면 하는 바람이다. 아울러, 분강 선생 개인의 영예가 뒤따르기를 기원해 마지않는다.

2016. 04. 30.

시집을 내면서

'사촌이 땅을 사면 배가 아프고 남이 장에 가면 거름지고 따라간 다'는 속담이 있듯이 주위 많은 분들이 시와 글을 쓰고 책을 내는 것 을 보고 인생 70 고래희(人生 七十 古來稀)에 나도 감히 한 번 도전해봐 야겠다는 나의 부질 없는 행동이 부끄럽기 그지없고 남의 손가락질 받지나 않을까 걱정이 많다. 특히, 순수 아마추어가 괜한 욕심과 생 각없는 행동으로 문학계에 누를 끼치지 않을까 걱정이 앞선다.

그러나 글쓰고 공부하는 일이 나이와 관계가 있을 수 없고 그저 평 소 보고 느낀 것을 글로 표현해 놓은 것이 보잘 것 없지만 그렇다고 혼자만 간직하는 것도 만용이 아닐까 해서 선배님들과 지인들의 배 려와 격려로 용기를 내어 발간하게 되니 생각할수록 몸과 마음이 무 거워짐을 피할 수가 없다.

이곳 서달산 밑 흑석골에 터전을 잡다보니 자연히 서달산과 함께 하는 행운을 잡았고 이 산이 나에게 많은 시상과 소재를 주어서 그 것을 바탕으로 눈앞에 마음앞에 있는 그대로 보통말과 자유로운 형 식으로 표현하여 시를 보다 읽기 쉽고 이해하기 쉽게 마치 봄바람이

웃음짓는 것처럼 부드럽게 쓰려고 노력했다. 그러나 너무 직설적이고 사실적으로 표현하는 등 부족한 점이 많은 졸작품임을 숨길 수가 없다. 하지만 그 안에 주로 약자의 애환과 인간의 탐욕, 메마른 사회를 적서줄 자연을 소재로 한 내용을 다루는 등 어떤 의미(뜻)를 부여하도록 노력했으니 해량하여 주기 바란다.

아무쪼록, 독자 여러분의 끊임없는 질정을 바탕으로 열심히 공부하고 배우고 다듬어서 작은 나무가 큰 나무로 자라도록 최선의 노력을 다하겠다. 부디, 쓰디쓴 질책과 더불어 아낌없는 격려도 부탁드린다.

끝으로, 시집 출간을 위해 힘써주신 한상철 시조시인과 동방문학 이시환 사장님(시인, 평론가) 및 신세림출판사 관계자 여러분께 감사드리고, 항상 곁에서 격려해준 벗들과 가족에게도 감사드린다.

2016년 5월 흑석골에서

汾江 이 유 걸

산고(産苦)

매화는 한 떨기 꽃을 피워 그윽한 향기를 발하기 위해 북풍한설 찬 서리 맞으며 그렇게 인고의 시간을 견디어 낸다는데, 내 너를 이 세상에 한줄기 빛을 보이기 위해 많은 나날의 산고를 겪어야 했으나 잉태한 너를 걱정스런 눈으로 마음으로 이리보고 저리보고 내가 보고 그들이 보며 지샌 시간이 너무 짧고 편했고 안일했느니라.

이제 산통의 날이 다가와 네가 이 세상에 모습 보일 쯤 행여나 버림받거나 손가락질 받지나 않을까 걱정으로 밤잠 설치고 선잠 잔 적이 한두 번이 아니었는데 너는 너의 미래를 아는지 모르는지 큰 산통을 깨고 드디어 힘차게 태어났구나.

내가 너를 이 세상에 부른 것은 네가 가정 또는 사회에 조금이나마 밑거름이 되었으면 하는 기대를 걸어보는 것이었는데 그러나 그건 한낱 헛된 꿈이었고, 욕심이었고, 또 나의 한계였느니라.

그러나 걱정하지 말거라. 한 줌의 부끄러움이나 추호의 거짓이 없다면….

용기를 내거라! 힘 내거라!

그리하여 사회나 가정의 대들보가 되고 길잡이가 되거라. 아무리 세상이 너를 욕하고 저주하더라도.

차례 **|** 이유걸 시집

1부/ 생활

차례 | 이유걸 시집

2부/ 산(山)

3부/ 자연

차례 | 이유걸 시집

1부

생활 生活

同氣間(형제자매 사이)

어려서는
고사리 같은 손으로
형님 먼저 아우 먼저하면서
한 솥밥을 먹더니
결혼 후는
내가 먼저 네가 나중하면서
자두연두기(煮豆燃豆箕) 신세 된다
노년(老年)에는
창밖을 내다보면서
외로움에
보이지 않을 때까지 한 없이 손을 흔들며
동생 전송하는 늙은 누님 모습 애처롭다
同氣間(동기간)이란 결국
芽豆堆豆箕(아두퇴두기)가
煮豆燃豆箕(자두연두기)를 보면서
한없이 쓴 웃음 짓는 것인가 보다

* 煮豆燃豆箕 : 콩을 삶는 데 같은 형제간인 콩깍지를 태운다는 말 (즉, 형제자매간에 지지고 볶는다는 말)
* 芽豆堆豆箕 : 콩싹을 트이는데 콩깍지를 거름으로 사용한다는 필자의 신조어 (즉 형제지간에 서로 사이좋게 의지하며 산다는 말)

세월

물은 흘러 바다로 가지만
세월은 흘러 어디로 가는가
물은 소리내어 흐르지만
세월은 소리없이 흘러가네
흐르는 물은 막을 수 있어도
가는 세월은 잡을 수가 없구나
어짜피 못 잡을 바엔
함께 즐기며 살리라

보리밥

모양은 보리수 같은 것이
먹으면 입에서 뱅글뱅글 춤을 춘다
예전엔 천덕꾸러기 신세
보리고개란 말을 들었지
고추장 된장과 친구 되고
뭇나물과 동료 되니
둘먹다 하나 없어져도 모르겠네
먹으면 몸에 좋고 맛은 일품이라
이제는 귀하신 몸 너도나도 찾는다
쥐구멍에도 볕들날 있고
음지가 양지 되고 양지가 음지 된다는 우주법칙
다 그럴만한 이유가 있었네

가을(秋)

찬란한 아침햇살 가슴에 안고
서달산 동작대에 오르니
천지가 열리고 가슴이 후련하다
북쪽엔 북한산 남쪽엔 관악산이
서울을 지켜주니 마음 든든하다
천고심비(天高心肥)의 계절
푸른 하늘 저높이 구름 한 점 없고
땅위엔 인산의 인심 넓고 꾸짐하니
더위와 세파에 지친 인고의 결실이
이제 펼쳐지누나
그렇게 귀청을 때리던 매미소리는
어느덧 자취를 감추고 새로운
인고의 시간 기다리리
여름내 누런 황토빛 아리수는
이제 푸르름 안고 맑고 평화롭게 흐른다
누가 가을을 남자의 계절이라 했던가
우리 국민 모두에게 풍성한 결실
맺어주는 가을이 당도했도다

* 천고심비(天高心肥) : 하늘은 높고 마음(인심)은 살찐다는 작가의 신조어

곳간(庫間)

하늘의 곳간을 여니
만물이 해와 달의 빛을 받아
생기가 돌고 힘차다
땅의 곳간이 열리니
오곡백과 그득하고 갖은 양식 내어준다
바다의 곳간 열어보니
물과 어류 풍성하다
하늘 땅 바다의 곳간 모두 열었으니
이제는 인간의 마음의 곳간 활짝 열어
죄와 악과 욕심 모두 태워버리고
여태 받은 그들의 은혜의 양식을
다시 그들의 빈 곳간으로
되갚아 줄 차례이다

미지(未地)

수국이 지니 또 한해가 간다
한발 한발 내딛는 발자국
하염없이 나를 따르며
뒷자취만 남긴다
세월은 쉼없이 남은 생을 향해 달리고
쌓아둔 인생 곳간은 고갈되기 직전인데
아직도 가보지못한 미지의 세계로
곳간 비기 전에 가봐야 할텐데…
거기에 도달하면
누가 무얼하며 사는지
하고 많은 호기심이 나를 자꾸 꼬드기네

타향의 설

서달산 자락길
아직도 못다떨어진 메마른 나뭇잎이
사그락 사그락 소리내며
바람에 나부낀다
어제까지 그 많던 새들
오늘따라 적막하기 그지없다
짝짝이 짝을 지어
설 쇠러 고향갔나보다
객지에서 떠돈 지가 어언 반세기
어릴 적 설빔하고
이집 저집 차례음식 나누어 먹던
옛 추억 꿈속에 아련하고
물속 깊이 잠긴 외로운 고향
옛 주인 기다리리

귀경

그제까지 바삐 움직이던 손과 눈
오늘은 조용하다
어제는 까치설날
오늘은 벌써 귀경길
모두가 숨죽인 채
고개만 끄덕끄덕
책 보는 것보단 못해도
어제보단 나으리
조용하던 몸과 마음
내일이면 다시 시작
오늘도 열차는 전장을 향해
쉼 없이 달린다

* 전장(戰場) : 전쟁터, 여기서는 생존경쟁을 의미

귀뚜라미 타령

웃는 거냐 우는 거냐 노래하는 것이냐
좋아서 웃고 슬퍼서 울고
기뻐서 노래하는 거야 정상이지
너는 입추(立秋)가 무엇인지 아느냐
계절이 가을로 접어든다는 거야
네가 울으라고 오는 것이 아니란다
끝없이 웃고 울고 목이 쉬도록 노래하라고
오는 것이 아니지
너가 우는 곳이 어디메냐
저 산속 숲이더냐 집안 구석진 곳이더냐
아니면 노쇠한 머릿속인가
이제 그칠 때도 되었건만
태양이 얼굴을 내밀어야 그칠 셈이더냐
세상이 하얀 옷을 갈아입어야 그만둘 참이더냐
나의 세상은 하얀 서리 내린 지 오래건만
너 귀뚜리 아직도 울고 있느냐
너는 제발 나를 괴롭힐 권리라도 있다는 거냐
저 세상으로 떠나줘야
너의 저주의 소리 끝낼려나
오늘밤도 한없이 한없이 또 울어대겠지

할아버지의 눈물

눈에 넣어도 아프지 않는 것
손주밖에 없더라
눈깔사탕으로 환심사고
곶감으로 울음 달래지
어릴 땐 할아버지 수염 당기더니
크니까 냄새난다 도망가네
용돈 주고 선물 주고
사랑 주고 마음 줘도
돌아선 치사랑 세월이 한숨 짓네
손주를 눈에 넣고
아픈 눈물 흘리지만
지난 날 내리사랑
어디 간 곳 몰라라
이 모든 것
할아버지 위한 詩가
드문 탓이 아니더냐

이발(理髮) · I

근심걱정 가득이고
탐욕을 걸쳐 멘 떠꺼머리 총각
싹뚝 사각 짤리는 소리에
십년 묵은 체증 뚫리고
무거웠던 머리 깔끔히 되었네
눈 내릴까 걱정 되었고
바람 불까 근심이었는데
시원스레 가지치니
모양 좋고 기분 좋아
북풍한설에도 걱정없겠네

이발(理髮) · II

머리칼이 사정없이 깎여내린다
힘들게 먹은 영양덩어리가
싹뚝싹뚝 짤린다
신체발부(身體髮膚)는 수지부모(受之父母)라
죄스럽고 아깝기 그지없다
그러나
깎고나니 시원하고 말쑥하여
모두가 새인물 난다한다
십년묵은 체증도 내려가고
머리에 무겁게 이고있던
탐욕스런 죄와 욕심
스르륵 짤려내린다
아까워서 내려다보니
그많던 번뇌와 욕심
한줌의 티끌이였네

* 새인물 난다 : 얼굴 생김새가 반반하다

26

그리움 · II

밤하늘에 반짝이는 저 별에는
누가 무얼하며 살고 있는지
아마도 거기에는 또 다른 내가 있을 거고
또 다른 그리운 사람 있을 거야
여기 내가 외롭게 저 별 쳐다보고 있는데
거기에도 또 다른 내가
나를 내려다보고 있겠지
계절이 하염없이 이동하는 지금
이 땅에는 온통 가을 익는 소리 분주하지
그 옛날 물장구 치고 놀던 옛 친구들
날 보면 늘 수줍어하던 아리따운 그 아가씨
그리움에 사무치는 어머니 등등…
내 가슴 아리도록 그리운 모든 이
저 별에도 있겠지
별에서 온 그대도 있겠고
별에 간 그대도 있으리
칠월칠석 까막까치 다리 놓아
견우직녀 만나듯
뭇 그리운 이들이여!
그 별에 있다면
반짝이는 별빛으로 다리 놓아
그간 못다한 회포를 밤새껏 풀어보시구려

교감 · II

정답게
부드럽게
사랑스럽게 불러본다
마치 어머니가 자식 부르듯
이리와!
이리오너라!
내 마음 알아주어
관심 갖는 놈 있는가하면
내 마음 아랑곳없이
냉정히 등 돌리는 놈도 있으니
아직도 이 몸뚱이에는
증오와 오만이 가득한가 보네

눈으로 먹는 안주

입으로는 얼큰한 술 한잔
눈으로는 맛있는 안주로
어디 한번 기분 내볼까나
짙은 향기 눈을 괴롭히는
10년 묵은 더덕구이 입맛을 사로잡으니
자리지키기 어렵구나
눈으로 먹는 안주보단
입으로 먹는 안주가
아무래도 한 수 위인가 보다
토닥토닥 굽는 소리에
이를 악물고 한숨 토하지만
조용한 우리 부엌 바랄 것이 없구나
금방이라도 문을 박차고
입맛 채우러 가고프다

마른장마

그대 그렇게도 오기 싫은가
그대 그렇게도 내려오기 싫은가
하늘에서 별똥 떨어지듯
힘차게 내려올 수는 없는가
천둥이 귀청을 때리고
번개가 부싯돌처럼 번쩍여도
애 타는 간장만 태울뿐…
귀청 떠나가듯 울던 매미도
금년에는 아직 소식없고
수도꼭지에 부리 박고 물마시는
새 모습만 애처롭다
지성이면 감천이라
열심히 기도하지만
기다리는 그대는
언제나 오실려나

뒤 따르는 자

일렬종대(縱隊) 산길을 간다
앞선 사람 발길 가벼워
앞서가며 기세 등등하다
뒷따르는 사람
늘 뒤처지며 기세 꺾인다
앞서가던 사람
앗! 뱀이다하며 혼비백산이다
뒤따르던 자
환한 웃음 띄며
뒤따르는 것이 좋을 때도 있는 듯
기세등등하고 의기양양하다

무위(無爲)

그대라고 어찌 입과 눈과 귀가 없겠는가
그대라고 어찌하여
말하고 보고 듣고 싶지 않겠는가
잎 피우고 꽃피울 때나
잎 지고 꽃 떨어질 때도 정적뿐
그대 아무 것도 하지 않는 것 같아도
이루지 못하는 것이 없네
다만 그 사이로
인간들만 바삐 분주하네

메뚜기도 유월이 한 철

어디 갔다 왔나
강남 갔다 왔는가
차디찬 북풍한설에 쓸려갔다 왔는가
흐드러지게 핀 꽃잔치에
벌 나비 초대하더니
연푸른 청록색잎이
새들 불러 잔치한다
꾀꼴꾀꼴 금의공자(金衣公子)
까르릉까르릉 탁목조(啄木鳥)
씨비씨비 욕쟁이새
꿩꿩야계(野鷄) 등등
온갖 새 사랑쌈한다
메뚜기도 유월이 한 철이니
아! 시절 좋을 때 놀아보거라

* 금의공자 : 꾀꼬리
* 탁목조 : 딱따구리
* 야계 : 꿩

문득

오늘 왜 여기 서서
이걸 쳐다보고 있을까
어제는 저기 서서
저걸 쳐다 보고 있었는데
내일은 또 어디서
무얼 쳐다 보고 있을까
나는 지금 어디에 있는가
그리고 내일 또 모레
어디서 무얼하며
무슨 생각에 잠겨 있을까
나는 누구인가
어디서 와서 어디로 가고 있는가
문득 흘러가는 흰 구름만 물끄러미
쳐다보며 서있구나

수도꼭지

수도꼭지에 부리 박고
물 마시는 새 한마리
얼마나 목마르면
인기척에도 열심이다
하늘은 무심한지
마른 장마 얼마였던가
인간이야 수돗물 먹고
목마를 걱정 없다지만
말못하는 짐승들은
어디에다 하소연하리
모든 생명 다 같은데
힘 있는자 힘 없는자
누가 편 가르는가

野鷄(야계)의 위기

끼끽끼끽
장끼가 쉼없이 울어댄다
평소에 보기 드문 일
암꿩 찾는 사랑가인가
유유자적 흥도가인가
위기를 알리는 도움의 소리인가
주위엔 바람일고
뭇새들이 비상(飛上)하니
걱정되어 쳐다보니
현충원의 철조망 높기만 하네

* 아계 : 꿩

화(怒氣)

그 좋던 동안(童顔)은 어디로 가고
노기찬 노안(老顔)만 남았는고
그 좋던 순발력은 어디로 사라지고
천지가 실수투성이란 말인가
쥐면 빠지고 들면 떨어지고 걸으면 넘어지니
이 모든 게 나를 화나게 한다
나를 쳐다보는 눈도 노려보는 듯하고
나에게 하는 말도 조롱하는 듯하다
비 오는 거리 달리는 차도
나를 보고 물을 튕기는 듯하고
웅성웅성하는 소리도 나를 욕하는 듯하다
뒤 따르는 사람도 나를 저주하는 듯하고
마주 오는 사람도 길 비켜주지 않을 것 같아
미리 화가 치밀어 온다
온 몸에 화기가 가득하니
이를 어찌한단 말인가

거울 속의 자화상

이놈이 누구인가
느닷없이 나타난 괴물
어디서 많이 보았건만…
쭈글쭈글 쭈그렁박 같고
푸석푸석 푸석돌 같은 너
누군데 내앞에 섰는고
내가 움직이니 저도 따라 움직이고
내가 웃으니 저도 따라 웃는다
기가 차서 웃는 건가
어이없어 웃는 건가
몽실하고 복스럽기가
잘 익은 복숭아 같았고
초롱한 눈망울이
구슬같이 맑았으며
윤기있던 머리카락
검은 실같이 검었는데
어찌하여 이렇게
흉물되어 나타났는가

생존경쟁

이집에선 원조집이라 손짓하고
저집이선 전망 좋은 집이라 한다
요집에선 맛이 최고지라요
그집에선 무한리필된다아입니꺼하며
지나가는 길손잡고 사정한다
어느집 갈까 망설이다
호객행위 싫어서 그냥 지나치다
조용한 집앞에 걸음 멈추니
폐업한 집이더라
배에는 대포소리 요란하여
아내가 재촉한다
에라! 나도 모르겠다
발길 닿는 데로 드니
겉은 허술하여도
시원한 바다 한눈에 든다
경쟁도 과유불급이라
너무 과열되면
없느니만 못하리라

휴대폰 유감

퍽하고 박 깨지는 소리에 고개 돌리니
누군가 길바닥에 쓰러져 있다
안경과 휴대폰이 멀리 나뒹굴고
얼굴과 코엔 시뻘건 피가 흐른다
휴대폰에 정신 팔려 돌부리에 걸렸으리
쓸쓸히 나뒹군 휴대폰엔 그대와는
별로 상관없는, 관계가 있다해도
극히 쓸모없는 정보를 보고 있었으리
또 다시 털석하며 두 사람이 부딪히더니
어느새 멱살잡고 고래고래 싸움질이다
재수없어 차도에 넘어졌으면
생명이 위태했으리
보지 않으면 안 될 무슨 절박한 사연이
그리 많길래 목숨보다 더 귀하단 말인가
우리도 책 많이 읽어 노벨상 많이 타자

평상심

개미 허리 같은
가냘픈 허리로
하늘하늘 유연한 춤을
남풍과 어울려 추고 있네
그대 무엇이 그리 기뻐
숨막히며 보릿고개 넘었는가
열열한 춤사위 뒤
산들바람 서서히 그치면
언제 그랬냐는 듯
고요가 찾아와
용수철 제자리 찾듯
평상으로 되돌아오지
젊고 푸르고 산뜻한 얼굴에
그처럼 날씬한 몸으로
곡풍(谷風) 불어 오길 고대하며
조용한 평화를 맞네

칠석날(七夕)

하루의 만남 위해
1년을 애끓었지
견우직녀
오작교 건너실제
민둥머리 까막까치
불쌍해서 못보겠네
남을 위한 헌신인지
자기 욕심 채움인지
몸바친 희생이야
고마운 봉사이지
오늘도 어김없이
기쁨 슬픔의 눈물이
비가 되어 내리네

* 욕심 : 짝짓기

꿈이었기를

꿈이었다
그들이 벌 받고 사죄한단다
꿈의 人生 생시이기를 바랐건만
꼬집어보니
들리는 소식 정말 꿈이었구나
손바닥으로 하늘을 가린다하니
오호 통제라! 원통하도다!
애초부터 바랐던 게 어리석었지
인간이 물 위를 걷고
짐승이 말을 하고
고기가 육지에서 살기를
바라는 것은 아니었는데
남의 눈에 피눈물 내고
갖은 악행 저질렀으면
한오라기 양심이라도 있다면
그다지도 사죄하기가 어렵단 말인가
그들만 제외하고
지구상 만인들 누가 이해하리
아! 억울하다
자기들 죄 사죄하고 또 사죄하는 나라도 있건만
어떻게 저들은 이다지도 다르단 말인가
제발 꿈이었기를 바랐는데

어찌하오리까

아배 어맨들 어쩌리오
그 많던 가산은
가뭄에 호숫물 줄 듯
시나브로 줄어들고
이방 저방 이집 저집
분주히 오가던 가족과 친척들
봄볕에 눈 녹듯 사라졌네
어려울 때나 즐거울 때나
내것 네것 구별없던 한울타리
모두 박차고 어디 갔단 말인가
재물이야 모으면 되지만
흩어진 족친들은
바다가 거슬러 강이 될 수 없듯이
남남되어 모습 감추었네
가슴 저미고 애달파도
아재 아지맨들 어찌 하오리까

100m 경주(競走)

100m 출발 지점
돈 권력 명예를 둘둘 감고 뛰는 양반
몸은 무거웠지만
50m 앞에서 출발하니
마음이 가벼워 시작은 좋았다
밑바닥에서 피죽 먹고 뛰는 그대
몸은 가벼웠지만
0에서 출발하니 시작은 좋지 않았다
처음부터 짜고 치는 고스톱
죽어라고 뛰어도 승부는 뻔한 것
토끼와 거북이 경주에서
거북이가 이기는 수도 간혹 있다지만
이는 토끼가 잠시 달나라 간 실수 때문이지
숱한 화제(話題) 뿌리며 움켜쥔
기득권자와의 경쟁은
애초부터 불가능하고 힘겨운 일
개천에서 용난다는 옛말
이제는 흘러간 헛소리 되었지
오늘도 거북이 토끼 따라잡을려하나
넘어야 할 재는 험하고 거칠구나

줄다리기

하늘과 땅
어영차 저영차
지루하게 줄다리기 한다
서로 주인인 양
땅의 만물이 하늘을 향해
내것 내어 놓으라 외쳐대니
평행선은 깨어지고
손을 든 하늘
힘차게 보물 내려준다
공중의 우레가
힘차게 북을 치며 축하하니
고기가 물 만난 듯하다
만족을 모르는 만물의 영장
너무 멀리와버린
인간 그대들
제발 욕심 거두고
자연과 공존하며 살라

잡초(雜草)

잡초라고 깔보지 마라
너와 나 모두 싫어 배척하지만
잡초 없는 숲을 보았더냐
뽑고 또 뽑아도 새로 돋는 잡초
그 어느 것보다 강인한 존재
항상 버림받아도 때로는
그 속에 황금 같은 것이 숨어 있을 수도
아무리 보잘 것 없어도
하늘이 그들을 내릴 때는
그 속에 쓸만한 것이 있어 내렸으니
너무 천대하지 말지어다
음지가 양지되고 양지가 음지되는 법
오직 우주의 대 법칙은
이 세상 어느 하나 쓸모없는 것이 없다는 것이외다

어머니의 등

어릴 적엔
가냘픈 어머니의 등에 엎혀
호사타는 기쁨만 알았을 뿐
어머니 힘드신 줄 몰랐는데
이제 이순이 되어
틈실한 나의 등에
어머니 업어 드릴러하나
어머니 보이지 않으신다
어매 엄마 어머니하고
힘주어 불러보지만
들리는 것이라곤
공허한 메아리뿐이네

밟고 밟히고

개미를 밟았다
밟지 않으려고 무척 애를 썼으나
워낙 많은 숫자가 길에서 행진하니 어쩔 수가 없었다
하필이면 인적 드문 곳에서 놀지
사람 많이 다니는 행길에서 어물쩍거리나
나무 뿌리를 밟았다
밟지 않으려고 이리 피하고 저리 피해도
인간들이 워낙 많이 다녀 흙이 소실되어
뿌리가 드러나지 않는 곳이 없으니
안타까워도 어쩔 수가 없네
사람을 밟았다
밟지 않으려고 몸을 닦고 수련해도
하고 많은 사람 다 피할 수가 없네
개미에게 밟혔다
온마루가 개미행렬 쓸어도 쓸어도 끝이 없다
나무에게 밟혔다
나무 뿌리 벽을 뚫어 금이 가고 바람이 술술
사람에게 밟혔다
돈 많고 명문학교 나왔다고 여지없이 밟고 밟으니
슬프기 그지없다
지평선 너머 저 낙원에도
밟고 밟히는 일 있으려나

분노(忿怒)의 포도

범보다 무서운 것이 곶감이라지만
곶감보다 더 무서운 것이 굶주림이다
거센 모래 폭풍과 대지주의 등살에 밀려
황야를 헤매보지만
맞아주는 이 멸시와 조롱뿐이다
구름속 해도 가끔 얼굴을 내밀 때도 있지만
궂은 일 하찮은 일뿐이다
그것도 하고파 온 사방에서 몰려드니
품삯이라곤
한끼 양식도 되지 않을 뿐
배고픔을 막지는 못한다
그래도 배고픔은 잠시 참을 수는 있어도
커가는 분노는 참기 어려운 것
분노도 싹이 트면 잎이 되고 꽃이 필런지
오늘도 피빛 하늘은 태양을 삼키고
잔뜩 분노하고 있다

至誠이면 感天이라

그렇게도 찾아지기를 고대하던 책이
어느 순간 눈에 어리어 자세히 쳐다보니
책장 구석지에 가지런히 꽂혀 있어
억만금을 쥐어 주는 것보다 기뻤다
피그말리온 현상인가 보다
너무나 바라고 고대하고 정성을 들이면
그 일이 성취되는가 보다
아름다운 돌조각이 너무나도 아름다워
저것이 인간이 되어 나의 반려자 되었으면 하고
빌고비니 드디어 인간으로 변하였다는데
나의 바람도 지성을 들이니 하나의 책이 되었는가보다

닮음

자식은 어버이를 닮고
새끼는 어미를 닮는 것처럼
저 나무 위의 새둥지도 새를 닮았다
새가 새둥지를 닮았는지는 몰라도
예쁜 새는 예쁜 집을 짓고
사나운 새는 거친 집을 짓겠지
모퉁이 도는 길에 할아버지가 개목을 하고 오는데
주인과 개가 마치 부자지간처럼 닮았다
백년해로 부부도 오랜 정을 쌓아가니
마치 남매같다 한다
유전자로만 닮는 줄 알았는데
마음과 정으로도 닮는 걸 보면
예쁜 마음 예쁜 모습으로
고약한 마음 고약한 모습으로 닮는가 보다

나무의 교훈

봄에 싹 틔우고 여름 내내 푸르름 간직한 나무
가을 되니 붉고 노란 잎을 과감히
몸체에서 물리쳐 땅으로 회귀시킨다
나무여!
봄이 되면 그대는 새로운 잎을 피워 환생하지만
인간은 한 번 가면 다시 돌아올 수 없는 존재
그러나 그대는 한번도 자연의 질서 어긴 적이 없지
봄 되면 잎 피우고 여름이면 숲을 이루고
가을이면 낙엽 지우고 겨울이면 헐벗은 몸으로
북풍 한설 견디지
한 번 바다로 간 물 다시는 돌아오지 못함을
우리 인간들은
해가 서산을 넘어가
저녁 노을질 때야 후회하며 통곡한다
그대처럼 우주질서 지키며
일생동안 후회하지 않는 보람된 삶 부럽구나

누구를 탓하리오

자연에 나를 버렸더니
자연이 나를 배반하지 않았고
고요에 정신 맡기니
고요가 내마음 살렸네
탐욕에 나를 던졌더니
재앙이 죽순 솟듯 쑥쑥 자라고
세월에 몸 맡겼더니
머리엔 흰 서리만 남았네
흘러가는 강물에
탐욕과 경망 띄워 보내니
남은 것은 맑은 정신과 깨끗한 몸뿐이네
시위 떠난 화살 다시 돌아오지 않듯
처음부터 후회없는 삶 살려하나
나를 일깨워 줄 스승 없으니
지금 늦었다고 누굴 탓하리오

평행선(平行線)

기대하지 말라
애초부터 바랐던 게 어리석었으리
농아에게 말하고 듣기를 강요하고
맹아에게 보기를 강요하는 것과 같으리
진리도 정의도 모르며
예의범절도 없는 망난이에게
애초부터 기대한 자체가 무리였으리
겉으론 인류평화를 부르짖고
세계화합을 외치는 집단이
이다지도 고집스럽게 버티며 애를 태우다니
남에게 피눈물 흘리게 하고
쓰라린 상처를 주었으면
정중히 사과하고 더불어 나아가는 것이
인류의 도리인 법
그러나 팽팽한 줄다리기는 서로의 힘만 빼고
끝없는 평행선은 영구히 만날 수 없는 것
비온 뒤 땅이 굳듯이
평행선이 삐둘어져
사다리꼴이 되어야 하는 것

하나 더 가질수록

단벌 신사 옛적에는
입을 옷 걱정 했는데
한 벌 두 벌 쌓이더니
입을 옷 고르기 힘드네
마이너스 쓰던 옛날에는
돈 관리 걱정 없었는데
한푼 두푼 목돈 생기니
어디에 넣을지 고민 되네
가난했을 적엔 오히려
마음이 편했는데
하나 둘 더 가지니
도둑 맞을까 걱정된다
다리 밑 사는 사람 부럽고
저 오대산 지리산 자락에서
근심 걱정 욕심없이 지내는
자연인(自然人)이 그리운 세상일세

재수 좋은 날

짙푸른 편백나무 숲길을
가벼운 발걸음으로 걸어가니
맑은 공기 상큼한 향기에
몸과 마음이 상쾌하다
정신 없는 발걸음에
느닷없는 변세래다
재수가 좋은 건지 나쁜 건지 모르겠네
나무 위는 새들의 천국
새들의 보금자리
나무 밑의 인간은 지나가는 길손
어떻든 기분이 찜찜하다
그래도 어려운 확률 얻었으니
오늘은 재수 좋은 날

착시

아가씨가 고수부지에서 열심히 뛴다
어제도 오늘도 그리고 내일도 뛰겠지
시장 갈 때도 차 타러 갈 때도 계속 뛴다
다들 건강 염려증 환자라 한다
어느날 그 아가씨 나에게 길을 묻는다
얼굴을 쳐다보니 눈가엔 깊은 주름
머리는 백발이다
그때와 이때가 이다지도 나를 수가
어찌 아가씨가 할머니로…
세상 모두 보기 나름인가 보다

세월

모진 비바람 거친 풍파 방패 되어
앞만 보고 쉼없이 달렸구나
한없이 걷고 뛰고 오르는
거침없는 세월이었지
나의 그늘 속을 말없이 따라온 너희들
이젠 나보다 앞서가는구나
소식도 없이 찾아온 황혼
몹쓸 세월 앞에서 어느덧
작아진 가슴과 힘 없는 발걸음
자꾸자꾸 뒤처지기만 한다
쓸쓸히 뒤돌아보는 자식들의 두려운 눈길
이제 너희들이 방패되어
나의 빈자리를 채워다오
자꾸 자꾸 뒤돌아보아도 없는 너희들
벌써 저만치 앞서가는구나

도둑

세상에 도둑 많기도 하다
나쁜 손버릇으로 배를 채우는 밤도독
남의 아름다운 규수를 훔치는 처녀도둑
혀끝 사로잡는 밥도둑
바늘도둑 소도둑 되듯
점점 커져가는 욕심도둑
그래도
도둑 중에 최고는 양심도둑이리라

노량진 학원가

이 학원에 기웃 저 학원에서 기웃
등어리 봇짐 메고 이리저리 헤매보지만
발길은 무겁기만 하다
오늘은 이 포장마차 내일은 저 김밥집
모레는 저 짜장면 집
이리 저리 방황하지만
따스한 어머니 밥 한그릇 그립다
청운의 푸른 꿈 품고
이리저리 요리조리 들고날고
오르고 내리며 분주하지만
이 세상은 나를
그렇게 호락호락 받아주지 않네

바람

앉을뱅이 책상에 앉아 책을 읽다가
무심코 앞을 쳐다보니
앞마당 아파트 틈새로 산이 보였다
이사온 지 오래인데 새로운 발견이다
틈새로 아름다운 꽃들이 만발하다
틈새가 조금만 더 넓었더라면…
1인치만이라도…
그래도 이게 어디냐
0에서 시작한 것이
이만하면 큰 수확 아니더냐
더 이상 바라지 말자
바란다고 되겠는가

쉬운 시(詩)

시 읽기는 쉽고도 어렵다
어렵게 쓴 시를 읽으면 어렵고
쉽게 쓴 시를 읽으면 쉽다
나는 유명인이 어렵게 쓴 시보다
무명인이 쉽게 쓴 시가 더 좋다
시 쓰기는 쉽고도 어렵다
있는 말 없는 말 끄집어 내어
기교 부리고 재주 부리면 어렵고
눈 앞에 마음 앞에 있는 그대로
보통말로 표현하면 쉽다
나는 보통말로 쉬운 시를 쓰고 싶다
마치 부드러운 봄바람이 가볍게 웃음 지으며
살랑살랑 불어 오는 것 같은
그런 시를 읽고 쓰고 싶다

넋두리 · I

일이 너무 많고 귀찮을 땐
한 마리 새가 되어
이리 날고 저리 날아
하고픈 일한 후
넓직한 나무에 앉아
맛있는 음식 먹은 후
황혼의 붉은 빛을 안고
아늑한 집으로 귀소(歸巢)하고 싶다

일이 잘 안풀리고 복잡할 땐
하나의 로봇이 되어
이리 뛰고 저리 뛰어
하고픈 일한 후
남의 간섭 받음 없이
멋있는 포즈 취하고
만인의 환호 받으며
가고픈 길 가고 싶다

짝사랑

한 남자가 한 여자를 짝사랑하였습니다
환하게 웃을 때나 찡그릴 때나 뒤돌아설 때나
오직 그 여인이 전부였습니다
그러던 어느 장마에
그 여자는 홀연히 그의 곁을 떠났습니다
상심한 남자는 저 멀리 사막으로 떠났습니다
거기에는 장마가 없어
그 여인을 언제나 만날 수 있기 때문입니다
정말로 거기에는
아름답고 청초한 그 여인을 거의 매일 볼 수 있어
그는 가슴 설레이며 기뻐했습니다
그러나 짝사랑은 결국 짝사랑으로 끝나는 것이라고
그는 늦게야 알았습니다
그 여인은 온 세상 사람들의 연인이며
뭇 사람들의 임이기 때문입니다

순수(純粹)

물이 맑으면 玉水
마음이 깨끗하면 純粹
바깥 세상 무슨 일 일어나는지
라디오 TV도 없던 어머니 시절
세상사에 물들지 않았으니
그 마음 玉水처럼 純粹하리
어느날 뒷산 오솔길
생전 처음 걸어보시더니
"그 꽃 참 예쁘다" 하시며
평생 처음 보신 것처럼
純粹함을 토해내신다
마음에 티 하나 없이
너무나 순수하고 깨끗하시니
어머니의 마음속은
진정 純粹 보관소일래라

양심

서달산 자락길 모퉁이에
주인 잃은 배추잎 두 장
그걸 본 선과 악이 심하게 다툰다
악화(惡貨)가 양화(良貨)를 구축하듯
악의 승리가 기정사실
그렇게도 양심을 부르짖고
선행을 갈망하던 자에게
말못하고 듣지도 못하는 바위 위의
다람쥐 한 마리
눈알을 반짝이며
한없이 눈총주고 있다

잘못 잡은 자리

꽃 주고 얻은 씨방
살짝 따다 화분에 뿌리니
며칠 후 신기하게 초록 싹이 돋았다
뿌리 내릴 곳도 없는데
자리 잡아준 게 죄스럽다
대양의 물고기 수족관에 가둔 듯
넓은 들판에서 비바람 맞으며
힘찬 뿌리 내려야 하는데
내 욕심에 아까운 생명 애처롭다
이미 엎지른 물
얼마 가지 못할 게 자명하다
매일매일 정성스레
물 주고 햇볕 주나
파리하고 허약한 몸매
미풍에도 흔들흔들한다
자기 찾는 어미 마음 아는지 모르는지
자기의 미래 아는지 모르는지
살랑살랑 고개 흔들며 애교부린다

장애인

탁탁 탁탁 탁탁탁탁
이리 가도 장애물 저리 가도 장애물
맹인이 안절부절한다
아무도 무관심하며 그냥 지나간다
안타까워 물으니
지하철 매표소를 찾는단다
쩔룩쩔룩
소아마비 절린 다리로 도랑을 건넌다
물에 빠질 것 같아
얼른 가서 도와준다
칠십고개 동기생들 다산길을 걸으며
변소를 들르는데
일반 변소 만원이라
장애인 변소 들르니
친구 왈! 어디가 장애냐고 웃으면서 묻는다
육십대 후반 접어드니
정신이며 신체가 옛날같지 않으니
이 또한 장애인이 아닌가! 하니
친구 왈, "허참 그렇긴 하군"

부부

모난돌이 만나서 갖은 풍파 이겨 내면
반들반들 예쁘고 둥근 조약돌이 되지요
더러는 거친 파도 이기지 못해
더욱 모난돌이 되지만…
부부간의 촌수는 몇촌이던가요
이쁘고 둥근 조약돌이 되면
조약돌 모양의 ○촌이 되지요
검은 머리 파뿌리가 되도록 살면
○촌보다 더 좋은
금모래 빛 강촌 부부가 되지요

머나먼 여행

친구가 떠났다
기별 있기는 해도
그렇게 빨리 떠날 줄이야!
평소 저 하늘과 맞닿은 수평선 넘어
누가 사는지 동경하던 그가
드디어 그곳을 향해 힘든 여행을 시작했다
기별 받고
김밥 싸고 계란 삶아 급히 전송갔지만
그는 이미 그 먼 여행을 미련없이 떠났다
친구는 떠나갔지만
강 건너 산 넘어 바다 저편으로
힘들고 험한 여정이라
부디 몸성히 도착하길 바랄 뿐이다
친구여!
도착하면 부디 안부 전하거라
그리고 좋은 곳 선택하여 잘 살거라
나도 너의 뒤를 곧 따라갈 거다
이승에선 더 이상 너를 만날 수 없어
술 한 잔하며 회포를 풀던 일
다 추억으로 남겠구나
친구여! 그리운 친구여! 안녕!

그 여인

서달산 자락을 매일 걷는다는 그 여인
우린 우연히 열차 안에서 만났었지
꿈에 그리던 연인의 환상을 보는 듯
얼빠진 우리는 서로 바라만 보며
눈빛으로 인사했지
햇살처럼 화사하게 웃는 그 모습
나에게 어느 산 가느냐 물으니
어딜 가느냐고 나도 반문했지
처음 만난 우린 서로 쑥스러워
연락처도 남기지 못한 채 헤어질 찰라
꾀꼬리 같은 목소리로 전화번호 물어오니
원망스럽게 닫히는 열차 문틈으로
뒷산 정자에서 만나자고
우린 막연히 약속했지
북풍한설 몰아치는 날 아침
여느 때보다 광내어 집을 나서니
그날따라 어디가느냐는
아내의 성화에 대답도 못한 채
그 장소로 한 가닥의 미련 갖고 갔지만
끝내 그 여인은 보이지 않았지
허탈한 가슴 부여잡고
혹시나 자락길에서 만날까
차가운 손 호호불며 걸었지

오가는 여인들 쳐다보며
그 여인이길 빌었지
그 아파트 밑에 산다는 그 여인
언제 만날 수 있을지 막연하네
어제도 오늘도 어긋난 길
나도 그 여인도 헤매겠지
젊어서 못다느낀 연정
이순에 왠 말인고
오늘도 한가닥 미련갖고
자락길 걸으니
애타는 마음 아는지 모르는지
따사한 햇빛이 머리위로
사정없이 쏟아지네

군계일학(群鷄一鶴)

푸른 잎 붉은 줄기 검은 껍질로는
누가 누구인지 그 이름 알 수 없지만
꽃 피고 열매 맺으면
그 이름 무엇인지 분명해진다
그 됨됨이 떡잎보면 알 수 있다지만
떡잎은 아직 그 열매가 아니던가
꽃 피고 열매 맺어 익으면
의연히 머리숙여 겸양해지니
그 중에도 색다른 꽃과 열매가 있어
군계일학이 되는가 보다

너무 일찍 찾아온 그대

기약도 소문도 없이
그대 너무 일찍 찾아왔소이다
소리 소식도 없이
그대 너무 성급하셨나이다
꾀꼬리 울고 남풍불면 찾아오시리라 기다렸건만
어찌 이리도 일찍 오셨나이까
부끄러운 얼굴에 수줍음 가득 안고
당황스럽게 맞이해야 했던 나의 마음을
알기나 하셨는지요
헐벗은 가지위에 지저귀는 새소리에라도
살랑살랑 부는 봄바람에라도
아니면 졸졸 흐르는 시냇물 소리에라도
미리 기별 주시면 안 되나이까
내가 미우면 밉다고나 하시지
왜 그런 뚱딴지 같은 행동을 보이시는지
성급하게 오시면 성급하게 떠나야하심을
그대 정령 모르오니까
그대는 정말 바보입니까
내 미치도록
그대 바보되었음을 걱정스런 눈으로 바라봅니다

넋두리 · II

능력이 많은건가
재주가 출중한가
물려 받은 게 많은가
부지런함에 기인한 건가
깊고 깊은 물 맑은 계곡에
별장 짓고 텃밭 가꾸며
멋있는 말년(末年) 보내는 그대
부러워해야 할지
시샘해야 할지
여태 살아온 人生이
부족하고 부끄러울 뿐이다
나도 여기 뿌리치고
물 맑고 공기 좋은 데로 가려 하나
몸과 마음은 항상 不一致
결심은 마음에서 잠자고
행동은 꿈속에서 헤매니
뉘라서 나를 용서하리

생존경쟁 · II

산길을 가는데
직박구리 한 마리
매미 물고 입씨름이다
힘에 부쳐 한눈판 사이
매미 살려고 도망치려 한다
갑작스런 인기척에
포기하나 다시 잡나
고민하던 포식자
내가 뒤로 물러서니
다시 잡아 물고 간다
울면서 가는 매미
큰 울음으로 하소연하나
누구 하나 돕는 자 없다
오늘따라 먹고파서
문어 한 마리 사온지라
솥에 넣고 삶으니
솥뚜껑이 들먹들먹
나는 뚜껑 눌리고
아내는 불은 땐다
살려고 버둥치니
애처로와 못보겠다
산골짜기 인간이
사자밥이 되면은
누가 와서 도와줄까

평화(平和)

넘실대는 쪽빛바다
작열하는 태양 머금고
푸르다 못해 검푸르다
구름 한 점 없는 하늘
누가 더 푸른지를
바다와 경쟁한다
저 멀리 맞닿은 곳 수평선엔
배 한 척이 아득하고
하늘 바다 배 하나 되어
평화롭기 그지 없다
총칼은 우리에겐
쓸모없는 존재라는 듯…

꼴 좋다

우리집 담벼락에
하늘 높은 줄 모르고
쑥쑥 올라가든 담쟁이넝쿨
어느날 갑자기
뒤로 홀렁 자빠졌다
며칠 전까지 보기 좋았는데…
너무 많이 올라갔나?
담쟁이 이놈!
꼴 좋다!

떨어짐

그대 떨어져 보았는가
저 높은 절벽이 아니더라도
북풍한설에 나뭇가지에서 떨며
떨어지지 않을려고 발버둥치는 나뭇잎과
빨갛게 익어 떨어지는 것이 두려운
산수유 열매의 애처로운 마음을 아는가
떨어져 보지 않은 자가
어찌 떨어진 자의 마음을 알겠는가
그대도 언젠가는 떨어질 날이 있을지니
바둥바둥 떨어지지 않을려고 애쓰지 마라
이미 떨어져
괴롭고 힘들고 쓸쓸해하며
꿋꿋이 살아가는 자의 가슴에
상처가 될 수 있을지니

아내

입이 있으되 말이 없고
성이 있으되 성내지 않으며
비위가 있으되 배알을 부리지 않으니
그대 군자의 기질을 타고났구려
세상의 뭇 남편 못된 품성 가진 줄 았았는데
이제와 돌아보니 나만 홀로 그랬구료
대쪽같은 서방 성깔 어찌 다 견뎠을꼬
이제와 뉘우치니 지난 세월 덧없었어라
남은 세월 중 가장 빠른 것이 지금이라 하던데
새 인간 되려함이 너무 늦지 않았는지
용서하오 이 못난 놈
떡메 치듯 두둘겨 주오

허상

저게 뭐꼬!
허공에 뜬 것이 무엇이던가
금붙이 같기도 하고 보석 같기도
아니면 돈 같기도
풀쩍 뛰어 잡아보려니
어느새 도망간다
잡힐 듯 잡힐 듯하면서도
자꾸 도망가는 그놈
힘빠진 몸엔 악마만 어른거린다
이제
먹어도 맛이 없고
입어도 멋이 없으며
움직이려 해도 다리힘이 부족하니
쓸쓸히 홀로 남아 멍하니 허공만 쳐다본다

언덕

저 언덕 아래로
아스라이 햇빛이 비친다
꼬부랑 허리 뒷짐지시고
우리 어머니 나를 기다리신다
언제나 잔잔한 미소를 머금으신
인자한 모습
이젠 먼 여행을 떠나시고
그리움만 남기셨다
석양이 깔린 저 언덕 아래로
이제 내가 내 아들을 기다린다

낙석(洛石)

산기슭 모퉁이에
수수만년 모진 비바람 싸워
자리지킨 기세 등등한 황소 한 마리
인간의 갖은 영욕 지켜보며
힘자랑하던 크고 뾰족한 그 뿔
그러던 그도 이제 늙고 지쳤는지
모진 비바람 이기지 못함인지
속세를 벗어나고파 큰 심술 부렸는지
수억 분의 일 확률도 빗겨갈 수 없었다
지나가는 사람마다
아쉬움과 근심어린 한 마디씩
황금을 돌같이 하라는 그 말은
그대에겐 절대 안된다고 했는데
그대가 황금이나 운석이었다면
그대 찾는 이 인산인해였을텐데
찾는 이 없는 걸 보니
그대도 이젠 힘빠진 낙석인가보오
구멍 뚫린 뿔자국 위로
따사한 봄볕이 내린다

빗자루

서달산 자락
조용히 잠들고 있는 호국영령 사이로
요란한 굉음을 내며
청소하는 진공청소기
쓸리는 것이라곤
고약한 매연과 소음
흰 먼지뿐이로다
한적한 산골마을
긴 싸리 빗자루로
사박사박 자연의 소리내며 쓸던 재미
이젠 옛 추억 같고
한푼 두푼 손 떨리며
아끼고 절약하여 모은
불쌍한 민초들의 쌈지돈
모기가 피를 빨듯
쓸모없이 사라지는구나
오늘따라 산새들의 울음소리
어미 잃은 듯 구슬프다

돌 가리비

서달산 자락 산등성에
예나 지금이나
크고 검은 자태로
꿋꿋이 자리 지키는 가르비 한 마리
배가 고픔인지 산소가 부족함인지
아니면 늙어 힘이 듦인지
애처롭게 입을 크게 벌리고
지나가는 숱한 사람 바라보며
인고의 세월 보냈으리
사람마다 한마디
"그놈 잘 생겼다"
"네 고향 저 멀리 바다인데
어찌 여기까지 왔느냐"
"네 나이 몇인가…"
수많은 역사 비밀 간직하고
어제도 오늘도 조용히 길손 맞는
외로운 돌 가르비 한 마리
그 위로 다람쥐 한 마리가
발을 비비며 외로움 달랜다

전(錢)

전(錢)!
너를 좋아하는 이 남녀노소 따로 없고
가진 자 없는 자
힘 있는 자 힘 없는 자 따로 없구나
마치 똥파리가
맛있는 음식 냄새에 이끌려 모여들 듯
너를 찾아 헤매지 않는 자 없고
헤매지 않는 곳이 없구나
우울하고 속상하고 두렵고 괴롭다가도
너가 나타나면 눈이 번쩍 몸이 굽실
악한 자 못된 자도 너 앞에선 순한 양이 되니
세상에 너보다도 강한 자 또 있더냐
죽은 자도 살려내고 벼슬도 살 수 있으며
양심도 살 수 있고 법으로도 못 이룬 일
너는 할 수 있으니
너야말로 신이 내린 신비의 묘약 아니더냐
신이 처음 내린 전의 법칙은
도덕이 앞서고 정의가 먼저였는데
이제 너의 타락은 너무 심해
보기가 역겹구나

인간의 본성

성선설과 성악설 중
어느 것이 맞는 건지
성선설이 맞을 수도
성악설이 옳을 수도
아니면 둘 다 맞을 수도 틀릴 수도
언덕배기 중턱에서
아이들 왁자지껄
이상하여 올라보니
추운 바닥에 앉고 누워
딱지놀이 한창이다
춥지 않느냐고 안타까워 물으니
"아니요 재미있어요" 한다
돌아서려는데
문득 휴일도 아닌데 웬 애들이
이상하여 가까이 다가서니
맞은 편 노파가 나와 동시에
"애들아! 왜 학교 안 가느냐"
나의 자식도 그의 자식도 아닌데
아이들 걱정하는 마음
너와 내가 없구나

과거

산 중턱 외로운 길섶
주인 잃은 작은 신발 한짝
모진 비바람에
낡고 빛 바래어
주인 찾아 헤맨 지가 얼마였던가
나도 저런 작은 신발
신은 적이 있었을 때를 생각하니
가슴이 아려온다
개구리 올챙이시절 모르는 듯
과거를 잊고 사는 인간
오늘을 살면서도
몸 낮출 줄 모르는가

흡혈충

사방에서 옥죄어 오는 흡혈충
아무리 막아도 역부족이다
이리 막고 저리 막고
약을 뿌리고 고함을 치며 위협해도
끄덕않는 그놈
답답하여 방충망으로 막고
튼튼한 문과 자물쇠로 잠구어 보지만
튼튼한 이빨과 다리로
이리 뜯고 저리 뜯고
위에서 공격하고 아래에서 쳐들어오니
단련하고 훈련해도 만신창이다
온 천지가 오물구덩인데
흡혈충이 없을소냐
여기서도 저기서도 공격 받으니
이 내몸 뼈만 남고 정신은 혼미하다
온 나라에 퍼져 있는 오물들을
하루 빨리 제거하고
정의라는 천적을 불러오는것만이
흡혈충을 막는 길이외다

노예

오래전에 없어진 줄 알았던 노예가
다시 환생하다니 어안이 벙벙하다
외딴섬 염전에 억울하게 끌려가
하소연 한번 해보지 못한
현대판 노예가 통곡한다
온 세상이 떠들썩 시끌벅적하는 도시에도
혹독한 노예가 등장하니
그 섬의 노예보다 더더욱 잔인하다
잠자리에서나 차안에서나
직장에서도 산과 들에서도
자나깨나 감시받는 처절한 노예살이
그 누구좀 해방 시켜주오
비참하게 눈과 손이 혹사당하고
정신마저 얼빠지며 오로지 숨만 쉴 뿐
모든 게 쇠사슬에 묶였도다
언제나 노예에서 해방될 지
기약없는 현실을 한탄할 뿐이로다

사랑의 비가(悲歌)

짙은 어둠이 밀려오는
한적한 숲속 오솔길
어미 잃고 통곡하는
새끼 한 마리 애처롭다
어미를 놓친 것인가
어미한테 버림받은 것인가
격렬한 사랑의 결실이
이다지도 처절한가
이제 곧 포식자가 몰려올텐데
애처롭고 괴로워도
자연의 순리 거스를 수 없어
무거운 발길 돌리노라
어미야! 애비야! 어디 있느냐!
이 절규가 들리지 않느냐

그리움

밤낮에 어머니가 오셨다
저 멀리 남촌 산골에서
흰 고무신 신으시고 꿈타고 오셨다
여늬 때처럼
"때 거르지 마라, 차 조심하라" 하신다
하도 반가워 손을 잡으려는데
갑자기 불어오는 산바람에
잠을 깨니
어머니 오가신 데 없고
어리둥절하여 빈 하늘 쳐다보니
뭉개구름 두둥실 떠간다
자식들 근심걱정 한 가득 이시고
구름타고 살며시 떠나셨다

* 밤낮 : 대낮의 안동지방 사투리

모성애

돌아가신 어머니의
외로운 유품 하나
살포시 열어보니
수백 개의 네잎크로바가
장마다 또박또박
노트 앞엔 떠듬떠듬
힘들게 쓰신 손자 이름
"우리 혁이…"
눈에 넣어도 아프지 않은
귀여운 자식 손자위해 보내셨을
그 많은 쓸쓸한 나날들
온 산야를 자식 손자 잘되라고
헤매셨을 그 성심
불효의 가슴 미어지게 한다
아무리해도 부족한
자식들 부모 공경하는 마음
부모의 자식사랑만 하겠는가

안식처

나의 매몰찬 말은
그대의 눈물샘 되어
고약한 내 마음에
소낙비 되어 돌아오고
비에 흠뻑 젖은 내 가슴엔
어느 순간 잔잔한 파도가 인다
외로울 때나 슬플 때나 괴로울 때나
잔잔한 호수처럼 내게 다가와
늘 나의 영혼이 되어
굶주린 늑대를 순한 양이 되게 한다
그러나 어느 순간 또 폭풍이 몰아쳐
애잔한 그대 가슴에 못을 박아
서러움에 하염없이 떨어지는 눈물
거두려고 힘쓰는 그대 모습은
언제나 정녕 영원한 나의 안식처

바둑

한발 빨리 출전하니
상대가 열심히 추격해 온다
중원에서 변방에서
서로 많은 땅 차지하려는
땅따먹기 전투에
벌레가 물어도
누가 불러도 묵묵부답
그러나 제3자 훈수들면
사정없이 따귀 올린다
한왕이 초왕에게 후의 베풀듯
물려 주는 이 있는가하면
월왕과 오왕의 와신상담 이를 갈듯
일수불퇴전도 있는 법
시작은 빨랐으나
결과는 땅 많은 자 승리
완생이면 좋겠지만
미생이라도 묘수가 있는 법
현재가 불리하다고
미리 포기는 금물중에 금물

미친 세상

빠끔히 열려진 창틈으로
은빛 신세계가 펼쳐진다
아직 산골짝엔 잔설이 연연한데
계절잊은 꽃들이 미친 듯이 잔치 벌린다
여늬 때는 개나리 매화 목련 벚꽃 등이
자연질서 지켰는데
올해는 아우 먼저 형님 먼저 하며
장유유서도 잊었네
인간이 점점 미쳐간다더니
자연마져 닮아가네
여기저기 지진 홍수 황사 방사능 등으로
지구가 몸살 앓고 인간이 홍역하니
이 모든 게 인간이 저지른 업보가 아니더냐

보석

울긋불긋 온산에
은빛 보석을 박은 듯 꽃잔치다
덩달아 벌나비가 다음 차례다
뭇 사람들은 눈요기요
벌 나비는 향기요기리라
35년간 내가 지켜주고
갈고 닦아 빛나게 했던 나의 보석을
누가 훔쳐갔다
온산의 보석 중에 군계일학
뽐내던 보석
그 음흉한 놈이 훔쳐갔을 게다
기왕 가져갔으면 벌처럼 쏘지 말고
나비처럼 사뿐사뿐 대하거라
오랫동안 애지중지하던 나의 보석
아무쪼록 새 주인 맞아 더욱 빛나다오

엄마 미안해요

개나리 봇짐 짊어지고 천덕꾸러기 수십 년
강산은 변한다지만 고향산천은 어떨꼬
세월의 알맹이 부여잡고 고향산천 돌아드니
생가와 인적 간데없고 잡초만 무성하다
호수로 변한 집터에다 벗들과 낚시 드리우며
세월을 낚고 있는데 느닷없이 나타난 노파
무슨 말을 거는구나
어디서 많이 듣던 목소리라 불현듯 돌아보니
어라! 날 낳아주신 어머니시다
반갑게 부둥켜안고 맞아도 부족할텐데
부끄러워 당황해 있는데
커다란 월척 한 마리가 내 정신을 뺏어가네
다시 돌아보니
꼬부랑 어머니 지팡이 짚으시고
저 언덕으로 넘어 가시네
지금와 돌이켜보니
예나 지금이나 철없기는 마찬가지
엄마! 미안해요!
가슴 메이게 불러봐도
어머님 오가신 데 없고
공허한 환청만 허공을 맴도네

-2015.9.27 汾川里에서 汾江

중용(中庸)과 양심(良心)

저건 아닌데
이것 역시 아니고
요것은 더더욱 아니네
그러면 그대와 내가 바라는 것이
무엇이고 어디에 있단 말인가
밤하늘에 반짝이는 별인가
하늘 높이 뜨고 지는 달안에 있는가
별은 유성으로 떨어지고
달도 차면 기우는 것
한결같이 변하지 않고
기울지 않는 것은 중용에 있고
한결같이 바르고 선한 것은
양심안에 있느니

시골장

어버이의 기쁨중에
자식 자랑만한 게 있으랴
오일장도 못 기다려
삭신이 쑤신 나날들
갓 쓰고 두루마기 입고 흰고무신 신으시고
사방에서 모인 벗들과
읍내 선술집에서
이야기 보따리 푸신다
해장국 한뚝배기에
약주 사발 오가니
어느덧 얼굴엔 취기돌고 혀꼬부랑
우리 아이는 고시합격
내 아들은 박사되고
내 자식은 취직했어라
그 중에서 가장 좋은 자랑
내 자식 효도가 효절공도 알아준다네
허리에 빈 주머니라도
잊어서는 안되는 것
덜렁달랑 고등어 한송이

* 효절공 : 농암 이현보선생의 시호
* 고등어 한송이 : 아버지가 할아버지를 위해 장날마다 구입하셨다

아버지의 눈물

눈물 삼켜 피가 되었고
흐느낌마져 응어리 되어
남몰래 벙어리된 지가 얼마였던가요
실타래 엮인 굴비 같은 식솔들
옆에서 위에서 옥죄고 짓눌러
숨이 멎을 뻔 했던 때가
얼마나 잦았던가요
새털 같은 앞날 생각하니
눈물도 말랐고 한숨도 멎었겠지요
장터에서 친구 만나
소주잔 기울이고 하소연하며
남몰래 흘린 눈물 얼마였던가요
서릿발 같은 일터에서 쫓겨나
험한 세상 방황해 보니
이제사 당신의 눈물
조금이나마 알겠습니다

이명(耳鳴) · II

책을 읽는다 정독을 하려고 노력한다
뜻을 이해하기 위해 읽고 또 읽어도 뜻을 이해하기 힘들다
금방 읽은 것도 금세 내 머리에서 사라진다
붙잡아 보려해도 나에게서 자꾸자꾸 도망간다
이명! 귀에서 나는 걸까 머리에서 나는 걸까?
아니면 마음에서 정신에서…
그래서 정신을 바짝 차려본다
그러나 그럴수록 점점 소리는 커진다
쇠소리 귀뜨라미 매미소리 등 온갖 잡소리
이는 모든 정신을 혼미하게 하고
고요와 정서와 삶의 힘마저 앗아간다
나이의 산물이러니 생각해 보지만
또는 약을 먹고 술을 끊어 보지만
혹은 맑은 정신으로 단전호흡도 해 보지만
귀의 이 악마소리는 그칠 줄 모른다
점점 기억은 벌레 파먹듯 쇠잔해져서
나를 점점 망각속으로 빠뜨린다

술(酒)

너는 얼마나 사귐성이 좋길래
너는 얼마나 멋이 있고 호감스럽길래
너가 곁에 있으면 그저 기분이 좋고
없으면 그리도 그리운가
서로 입맞춤만 하면 한가락 장단 맞추고
갈지자 비실비실인가
너는 나의 찌든 마음을 항상 달래주었고
가끔은 친함이 지나쳐 나를 괴롭게도 했지만
그래도 너는 나의 오랜 친구
한때 가끔 우리 서로 헤어지기도 했지만
한때 너를 저주하기도 했지만
이제 이승을 떠날 때까지
서로 입맞춤하며 같이 강변 살자구나

잊혀진 우정

그토록 오랜 세월 흘렀는가
그대와 나 연필 굴리며
죽을 때까지 변치 말자고 맹세했던 단짝
어느날 우린 우연히
어느 모임에서 만났었지
쑥스러운 찬손을 맞잡고
인사 외엔 할말이 없었으나
지난 세월 곱씹어 보고팠던 우리였지
그러나
눈을 아래로 깔고
입은 벙어리 된 채
서먹서먹한 만남이었고
우리 끝내 회포를 털어놓지 못한 채
지난 세월 원망하며 헤어졌지
매정한 세월이
우리를 이렇게 갈라 놓아
이웃사촌보다 못하다 해도
이제 우리 다시 만나면
피차 어려운 말들은 하지 말고
그저
어린시절 즐겁고 다정했던
이야기만 나누자구나

생존경쟁(生存競爭)·Ⅲ

치타가 가젤을 사냥한다
온 사력을 다해 쫓고
젖 먹은 힘 다해 도망간다
도망가던 가젤이 힘이 달려
돌아서서 최후담판으로
뿔을 들이대며 저항해 본다
그러나 그 순간
번뜩이는 치타의 눈빛에
기가 죽어 조금 더 도망가다
순순히 목을 내준다
앵앵하며 마지막 몸부림 쳐보지만
아무도 도와 주는 이 없다
이를 지켜보던 가족과 동료들
웅성거려 보지만
너의 희생으로 우리모두 무사하니 다행이다
하며 오히려 안도의 한숨쉰다
쓰러져 먹이되는 가젤은 죽으면서 한마디 한다
다음 세상 다시 태어날 때는
너보다 더 힘센
사자로 태어나겠다고
맛있게 먹는 치타는 자기보다 더 힘센
사자를 먹고 있는 줄도 모르는 듯
인정사정없이 식사한다

죽어서까지

하늘 높은 줄 모르고 으시대던
높은 사람
생시에 문전성시더니
죽어서도 그렇구나
무덤은 동산 같고
비석은 반짝이는 보석이로고
부모 죽어 없던 눈물
빗줄기처럼 흘리니 웬 말인고
생시에 귀한 대접
죽어서도 다를 바 없네

저 어두운 골방에서 외로이 지내는
독거노인
자고나니 저 세상이로고
생시에 찾는 이 드물더니
죽어서도 찬바람부네
세파에 시달리며
힘겹게 살던 그 몸
누가 어떻게 어디로 모셨는지
아무도 아는이 없구나
헌법에도 인간의 존엄성 부르짖고
법앞에 만인 평등하다 했는데
죽어서까지 차별이구나

세레나데

시원한 바람이 이마를 간질이는
마루 댓자리에 누워
마르크스 아우렐리우스 명상록을 읽는데
어디서 귓전을 때리는 매미소리 있어
유심히 살피니
방충막에 앉아 요란히 울어댄다
도레미파 테너의 낮은 음정에서
솔라시도 소프라노 최고 음정까지
계속 배를 흔들며 울어댄다
빅토리안과 프레시오자의 사랑을 시샘하듯
사랑의 세레나데를
저 푸른 숲속에서 부르지 않고
생명도 없는 아파트 창에서 우니
우주 질서가 바뀐건지
인간이 저지른 재앙 때문인지
불쌍한 생각이 든다
울음 그치니
파르르 딴 창으로 옮겨
다시 열심히 운다
울어라 매미야!
목청이 터지도록
너의 사랑이 어디서 맺어지든
무슨 상관이더냐

고독

고독이 고독을 낳지요
고독이 사랑을 낳기도 때론 미움을 낳지요
해저문 저 산골짜기에서 어둠이 밀려오면
외로움에 떨고 있는 고독이 있다오
저 공산(空山)에서 달뜨면
외로움에 몸부림치는 고독도 있다오
혹자는 고독을 씹으라고도 하고
혹자는 고독을 즐기라고도 하지만
질기고 독한 고독을 씹을 힘도 즐길 힘도 없다오
먼 옛날
좋아하면 손짓하고 싫어하면 손사래짓하던 이들
가끔은 고독과 함께 밀려와 슬픔과 고뇌와 행복을
함께 동고동락하자며 조른다오
아! 고독! 그대여!
그대의 진정한 존재는 무엇이오리까

도루묵

세상에서 귀한 것은 적고
천한 것은 많더라
귀한 것은 서로 차지하려 혈안이 되고
천한 것은 버리려고 서로 아우성이다
조물주께서 측은하게 여겨
귀한 것과 천한 것을 바꾸어
천한 것은 귀하게 귀한 것은 천하게 한다면
인간들의 아귀다툼 줄어 들려나
그러나 그것도 잠시
귀한 것은 또 천한 것이
천한 것은 다시 귀하게 되어 도루묵 될 것이니
어찌 할꺼나
세상만사 요지경이올시다

욕심

할 일은 태산 같은데
노루꼬리 해는 어느덧
저 멀리 갔네
밴댕이 같은 소갈머리로
가는 해를 잡을려하니
점점 더 나를 멀리하네
오늘 못하면 내일 하면 되거늘
언제나 속타고 안절부절이다
하늘을 찌르는 욕심은 끝이 없고
이루어진 일 또한 없구나

달무리(한풀이 넋두리, 八言律詩)

중천에 뜬 저 달님아
물을 많이 먹었구나
누구 소박 맞았는지
말이나 좀 해보거라
앵두같이 곱던 얼굴
누룩같이 곰떴구나
계수토끼 어디 두고
홀로 눈물 흘리는가
너무상심 말거래이
오늘밤 내 동무 될게
처자식에 소박받고
친구들에 버림받아
사회에 팽개쳤으니
받아주는 데 없구나
저 산에 걸린 달님아
내 그산에 올라갈게
우리 주거니받거니
오늘밤 만취해보세

* 말거래이 : 하지 말라고 달래듯한 안동 사투리
* 물 먹다 : 달무리진 달을 안동지방에서는 물 먹은 달이라 함

112

당신의 옛집

여기 당신이 태어난
기찻길 옛집이 있다오
뒤뜰에는 가지 늘어진 감나무 한 그루 있고
앞뜰에는 키큰 가죽나무 한 그루 있었지요
텃밭에는 갖은 채소
아름다운 화초 철따라 가꾸었지요
무너져 내릴 듯한 벽돌담 위엔
능소화가 늘어지게 피어
기적소리 울릴 때마다
흐느적 춤추었지요
이집 떠난 식구들
여기저기 흩어지고
당신마저 떠난 대문에는
이름 모를 문패만이
당신이 다시 올날 기다린다오
가을 먹은 뒤뜰에는
황금빛 감이 주렁주렁
예나 지금이나
이집을 지켜온 지킴이가 아닐런지요

할머니와 손자

해 저문 언덕길 위로
할머니와 어린 손자
정답게 손잡고 걸어간다
어린이 뒷모습이 하도 귀여워
말을 걸어본다
20년 후면 할머니 모습이 어떨까
어린이 말 못하여 잠잠한데
옆에 있던 할머니가 한마디
이 할미 그때는 저 하늘에 계신다
그때 너의 나이 25살 되는구나
군대 가고 장가드는 나이구나 하니
어린이 구시렁거린다
그 높은 데는 왜 올라가시는 데요?
할머니 난 장가 안 갈래요
처량한 아빠 모습이
저녁노을에 아련히 물들고 있다

상선약수(上善若水)

작은 놈은 팔딱팔딱
큰 놈은 펄떡펄떡
억세게도 재수 없는 너들
발버둥친들 독안의 쥐 신세
넓고 깊고 푸른 바다에서
가족 친구들과
아름다운 생 꿈꿀텐데
노파의 서슬 퍼런 칼에
아픔조차 느낄 틈 없구나
물밖에서 팔딱펄떡 뛰는 놈아
조그마한 물통안의 놈 너무 부러워 말거라
한식과 청명 별 차이 없듯이
바다 밖의 너의 운명
도토리 키재기 아니더냐
세상살이 모두 운칠기삼이고
재수 없는 놈 뒤로 자빠져도 코가 깨진다
하지 않았느냐
발버둥 친다고
안 되는게 되고
될 것이 아니되는 것도 아니니
그저 주어진 운명에 맡기는 것이
상선약수(上善若水) 아니던가

불황(不況)

잿빛하늘 아래
물 먹은 태양이
힘없이 대지를 비추는 초겨울 오전
먹이 찾아 구슬피 울며
헤매는 새들이 애처롭다
옥빛 같은 하늘 아래
밝은 태양이 온 대지를
평화롭게 비추는 때도 있었지만
영령이 잠든 서달산 자락을
옷깃을 여미며
주머니에 손을 푹 찔러 넣고 걷는
핏기 잃은 사람들 쓸쓸하다

꿩 먹고 알 먹고

서달산 자락 한적한 곳에
계관을 덮어쓴 장끼 한 마리
어디서 암내 맡았는지
쏜살같이 달려와 긴 날개 퍼덕이며
까투리를 빙빙 돌며 구애한다
사랑의 기술이 부족함인지
애교를 부리는 건지
요리조리 도망다니며
숫컷의 애를 태우며
좀처럼 허락않는 까투리
안타깝게 지켜보는 상춘객
꽃구경만으론 성이 안 찬 양
보기 드문 금수의 사랑 더불어 즐긴다
이거야 말로
꿩 먹고 알 먹는 장사인 양
꽃구경은 저만치 팽개치고
불구경 물구경하듯 한다

정의(正義)

그대 찾아 헤맨 지가 어언 반세기
어릴 적엔 그대와 자주 만나
담소하며 우의를 다졌건만
세월이 갈수록 그대 만나기 어려우니
그대 하늘로 솟았는가
땅으로 꺼졌는가
아니면
먼 나라로 이민이라도 간 것인가
나 그대 보고파
지금도 한없이 헤매고 헤맨다오
그대가 모습을 감추면 감출수록
점점 더 뼈져리게 사무쳐지는 그대
오늘도 그대 찾아
이렇게 애타게 몸부림칩니다

공포와 두려움

그대 누구인가
안면무지 사람이 인사하니
어리둥절 안절부절이다
머리엔 고깔모자 눈에는 검은 안경
입에는 커다란 입마개 얼굴엔 페인트
꼭 인간 괴물 같네
천재(天災)와 인재(人災)에 병마(病魔)까지 침투하니
사람구실 못하겠네
손에 손을 맞잡고 어깨 부딪치며 살아야하거늘
옆에 있기 꺼리고
말하기도 거부하고
서로 밥 먹기도 기피하네
감기몸살 걸리기도 겁나고
시원한 재치기도 남의 눈치봐야 하네
가스실에서 사는 건지 물속에서 사는 건지
가슴 답답하고 숨 쉬기도 어려워 딴 세상 사는 듯하다
공포와 두려움 병이 온천지를 뒤덮어
불신과 불만이 꼬리에 꼬리를 무네
세상은
말하고 행동하고 생각하는대로 되는 법
있지도 오지도 않은 일
미리미리 걱정하고 불안해하여 무얼 할꼬

아쉬움

아름다운 풍치에 빼앗긴 혼
쉬는 것도 잊었네
어디서 불어오는 산들바람 유혹에
지친 몸 의탁하니 신선이 된 듯하다
앉은 지 찰나인데
서산에 걸린 해는 다시 걸음 재촉한다
숨가쁘게 달려왔더니
머리에 얹는 깃 눈에 덮는 것 모두 두고 혼자왔네
눈을 잃은 듯 머리를 잃은 듯
아쉬움은 구름처럼 밀려오나
되돌아가기에는 너무 먼 길
티끌을 벗어던진 듯 번뇌를 놓고 온 듯
온몸은 가벼우나
두고온 아쉬움에 욕심이 피고지고
망설이기 수십 번
아쉬움을 뿌리치고 지리와 동고동락(同苦同樂)하라하며
마음을 벗기고 몸에 짐을 벗기니
여태껏 쌓은 정기에 다시 힘이 불끈 솟네

순환(循環)

가는 이 잡지 말고
오는 이 막지 말라는 말처럼
이제 각종 꽃들이 가고오고 갈림길이다
먼저 온 꽃은 먼저 가려하고
간 자리를 뒤이어 다른 꽃들이 차지한다
산수유 개나리 벚꽃 매화 등은 아쉽지만
우리 곁을 떠날 채비이고
반면 라일락 모란 풍성한 수국 등은
그 자태를 뽐낼 즈음이다
가고 오는 것이 어찌 꽃뿐이겠는가
세상만사 헌물이 가야 새물이 오는 것
이런 오묘한 자연의 이치 누가 말릴 수 있겠는가
가는 이 다음을 기약하고
오는 이 즐겁게 맞이하자!

세월

봄을 잊은 계절이
여름 향해 달려가고
태양빛을 머금은 나뭇잎은
한껏 도톰하다
사치스런 인간들은
산과 들에 모여드니
자연의 고마움을 아는지 모르는지
쉼없이 달려온 정상엔
세월 구름 가득하다
이제 하산을 하려는데
어디선가 산들바람이
쉬어가라 일러주네

효도(孝道)

휘몰아치는 삭풍에
마지막 남은 잎새들이
가창오리 운무하듯
춤을 추며 휘날린다
아무도 찾지 않은 듯
풀 우거진 무덤 위로
소슬바람 불어오니
잃어버린 주인 찾는 듯 쓸쓸하다
누구나 한 번 가는 길
화려하나 초라하나
추위 더위 같을진저
저승간 자 거승갈 자 바라는 것
살아 生前 孝道이니라

허파

부모님이 주신 허파
평소 잘 관리 못해
자주 켈룩거린다
약을 먹고 주사 맞아도
나아지지 않는 허파주머니
이 몸의 고질 허파 대체해서
새생명 갖고 싶다
푸르고 싱싱한 허파
이다지도 가까운 곳에 있는 줄
왜 몰랐는지
이제 나의 새 허파를 찾아
나무숲을 자주 찾아
내 몸안의 헌 허파를 대신한다
이제 헌 허파와 새 허파가 공존하며
새로운 활력소 되찾았노라

병상(病床)

이것 저것 가리지 않더니
너의 고마움 모르고 지내왔지
그렇게도 그러지 말기를 타일렀거늘
이제 받아주질 않는구나
그 옛날 건강한 시절 아껴써야
뒷탈 없다는 것을
이제 늦게 후회해도 소용 없는 일
근심어린 눈으로 바라보는 식솔들
몸과 마음은 지칠대로 지치고
가지만 앙상한 나무가 되니
음양의 이치 일찍 깨닫지 못한 이 놈이 문제지
그 누구의 잘못도 아니라오

빛은 언제

외롭고 쓸쓸한 자 그대뿐만 아니라오
저 산등성이에서 주인 잃고
외로이 누워있는 무덤의 외로움을 아시나요
춥고 배고픈 자 그대뿐만 아니라오
인간이 파헤친 땅위로 흰눈이 내리고
그 위로 먹이 찾아 헤매는 들짐승의
아픔을 아는지요
괴롭고 억울함이 그대뿐이 아니라오
유전무죄 무전유죄로 괴로워하는
민초들의 축 처진 어깨를 보셨나요
외롭고 배고프고 억울한 사연 위로
어둠이 짙게 깔려 마음 더욱 무거워질 때
이 어둠을 뚫고
한 줄기 햇살이 비칠 날은 언제일까요

세종대왕

낫 놓고 기역자도 모르느냐고
근엄한 모습으로 나를 내려다보신다
훈민정음 물시계 해시계 등
많은 업적 남기셨다
미켈란젤로 에디슨 등
세계적인 인물과 견줄 만하다
낫 놓고 니은자도 모르느냐고
또 힐책하신다
로켓이 하늘을 나는 이 때
나는 할 줄 아는 것이
아무 것도 없구나!

은도끼

밤새 하얀 토끼 한 마리
내 품에 살포시 안긴다
오후 내린 비바람에 싸늘하다
계수나무와 토라진 모양인가
그러나 고맙다는 인사도 없이
계수나무 그늘이 그리워
다시 서산으로 달아나고
나에게 은도끼 한 자루 남겼다
선(善)은 베지 말고
악(惡)만 베어 달라고

눈싸움[目鬪]

전나무 숲 그늘에 앉아
명상하며 피톤치드 마시는데
누가 등뒤에서 어정거리는 것 같아
고개 돌리니
청솔모 한 마리가 두귀를 쫑긋
까만 눈알 말똥말똥거리며
나를 노려보며 눈싸움을 건다
기가 막혀
나도 질세라 노려보니
패배를 인정하는지
황급히 나무위로 올라간다
온 나무가 자기 집인 양
우쭐거리면서

복수(백경에서)

욕심꾸러기 인간들이
넓고 푸르고 고요한 바다의 평화를
사정없이 깬다
푸른 창을 휘두르며 바다위를 휘저으니
겁나고 아프지 않은 이 누가 있으리
정당방위하려고 선장의 다리 부러뜨리니
그것은 그저 인간 사회에만 통하는 것
이글거리는 복수심으로
밤낮없이 바다를 헤집고 다니니
개미인들 숨을 곳이 있을까
지렁이도 밟으면 꿈틀거리고
쥐새끼도 막다른 골목으로 몰리면
고양이를 무는 법
날쌘 창으로 던지고 찌르니
누군들 어찌 참을꼬
복수가 복수를 불러
결국 모든 것이 비참하게 끝난다는 것
이 세상 이치 아니던가

세월호 희생자를 추모하며

잘 정지된 땅위에 건실한 씨 부렸더니
듬실한 새싹이 씩씩하게 돋았구나
온 심혈 기울려 정성껏 가꾸었더니
어느날 비바람이 쓸고가고
성질 고약한 악마가 밟고 지나가
넘어지고 부러지고 날아가 버렸으니
너무나도 안타깝고 슬프구나
이제 어린 싹은 가고 없는데
가꾼 이 먼 바다 바라보며 절규한다
네 탓이오 인재요 천재요하며 다투는 사이
원귀만 허공을 헤메는구나
세월은 가고 없으니 말할 수 없고
바라던 희망은 사라졌도다
가진 자 권력자 기득권자
설국열차 앞에서 호강하고
힘약한 자 맨 뒷자리에서
생존을 다투는 세상
부처님 오신 날을 맞아
서럽게 가신 님들께
극락왕생하시길 빕니다

- 2014년 5월 6일(음, 4월 8일) 서달산 달마사

귀빠진 날

조반에 보기 드문 미역국이라
오늘따라 웬 미역국이냐고 물으니
아내 왈 나의 귀빠진 날이란다
창가에 누워 빈 하늘 쳐다보니
구름 한 점 없이 청명하니
하늘도 나의 생일 축하하여 주신다
68년 전 앵하며
어머니의 산통을 깰 때의 나의 모습이
지금의 나라는 생각을 하려니
신기하고 두렵고 의아할 따름이다
옛적엔 어물쩍하며 무덤덤하더니
오늘따라 온 식구 시끌벅적하다
아들은 점심 사고 딸들은 봉투 밀며
아내는 떡을 준비하더라
아직까지 이룬 일 하나 없는데
벌써 땅보다 하늘이 가깝고
지하마저 가까워져
천당과 지옥이 줄다리기한다
아서라! 어느 쪽도 괜찮다만
원래의 나의 갈 곳으로 보내주오
칠순을 코앞에 둔 탯줄 잘린 날
잊지않고 대접받는 것도 좋다만
언제나 한결같은 가족관계 되었으면…

- 2014년 5월 18일(음, 4월 20일)

어머니의 손맛

외로운 섬에 별 두 개가 떨어졌다
대명천지(大明天地)에 두 형제
구만리장천(九萬里長天)에 서기 어렵고
삼천지활(三千地闊)에 다리 뻗기 어려우며
빈대가 우글거리는 우두막집에서
별을 따 보겠다고 밤새껏 공부하지만
인색한 주인이 불을 끄라 한다
보리쌀 한되로 일 주일 버티며
배꼽이 등에 붙을 즈음
맛있는 냄새가 나 문구멍으로 훔쳐보니
주인집 성찬이 보이더라
눈요기 코요기로 침을 삼키며
배를 채운다
무 썰고 배추 썰고
파 송송 썰어 고춧가루 뿌려
정성스런 두손으로 오물조물 무치시고
보글보글 된장찌개로
밥 비벼 주시던 어머니의 손맛
본 지가 언제였던가

아내의 사직서

때마다 반찬걱정
큰아들 작은아들 눈치보느라
서럽게 지낸 지가 얼마였던가
본인은 시장보아 열심히 장만하지만
앉아서 먹는 이는 불평덩어리
반찬 좀 연구하여 장만하라는
큰아들 말에
어깨는 한없이 처지고
하루의 피로가 엄습한다
오늘도 입에 맞지 않는다고
불평 늘어 놓으니
보다 듣다 못한 아내
"나도 이제 당신처럼
명예퇴직하면 안될까요?"

* 큰 아들 : 남편

노화(老化)

산에 약수가 시원스럽게 솟아나면
기분이 상쾌하고
수돗물이 콸콸 쏟아지면
마음이 시원하다
어릴 적 우리 가난할 때
쫄쫄 흘러 나오는 수돗물
이웃과 분쟁도 잦았지
수도관이 오래되어
녹이 슬고 수도꼭지 제기능 못함이라
힘껏 솟던 약수물도
가뭄과 지하수 고갈 때문일 게다
녹이 얼마나 슬었으면
엎드려 세수할 때도 찔끔찔끔
수도꼭지 열지 않아도 줄줄 샌다
천지창조라 하나
이는 너무한 형벌 아닌가
오래 되었다고 천대받고
늙었다고 냉대받고 고통 받는다면
누군들 어느 것인들
이 세상 존재하고 존재하고 싶을까
노인에게 지혜있고
오래된 것에 보물이 있듯
장유유서가 재조명받을 때다
아! 고물도 서러운데
기능조차 말썽이구나!

늙는다는 것

어버이로부터 지원 끊어지니
얼굴색도 누루죽죽하다
비 내리고 가을바람 솔솔 부니
그나마 겨우 버티던 잎도
추풍낙엽되네
대기만성해 보겠다고
늦게나마 세상 구경하는 꽃
늦가을 햇볕마저 피해가네
어미 곁을 떠나는 것도
짝을 만나는 것도
모든 게 때가 있는데
늦어지면 찾던 벌나비도 임도
눈먼 장님 만들지

수석(壽石)

집안에 꿩 한 쌍이
평화롭게 노닐고
그 옆으로 아름다운 장미 매화
뽐내도다
붉은 단풍 불타는 가야산엔
만물상이 우뚝하고
희고 검붉은 계곡위엔
흰구름이 머무는구나
기암 절벽 끝엔
낙락장송 늘어지고
저 넓은 지평선 위로
태산준봉이 아련하다
저 아득하고 머나먼 곳을
초라하고 나약한 이 몸이
어찌 다 가보리까

복주머니

오래된 옷 정리하다
불쑥 나타난 빨간 복주머니 하나
자식 복 많이 받으라고
정성스레 만드신
어머니께서 남기신 유일한 유품이다
살포시 안을 보니
빨간 띠와 천원짜리 지폐 한 장
갖은 근심걱정 당신 다 가지시고
복만 그득 남기셨다
오늘도 당신 생각하며
안방 언저리에 걸어놓으니
어머님 그리움에
가슴 찡하며 아려온다
봄날은 속절없이 저물어가는데
그리움만 점점 더 깊어간다

시샘(詩泉)

몹시 가물다
이렇게 가물 수가 있을까
뮤즈께서 저주를 내리신가보다
비가 내리지 않는 나의 샘은
먼지가 폴싹폴싹 날 지경이다
기우제라도 지내야겠다고 다짐한다
몸은 답답하면 뛰쳐나가
스트레스를 날리면 되지만
텅빈 머리는 어쩔 수가 없다
한 줄의 글도 생각나지 않는 박덩어리다
자연의 비야 때가 되면 내려
대지를 적시면 되지만
마음의 비는 어찌할 도리가 없다
태백산 검룡소의 샘물처럼
낙동강 발원지 황지처럼
퐁퐁 솟아주기를 기대한다

4월 초파일(初八日)

부처님 오신 날
오색 연등을 따라 걷다보면
어느덧 고즈넉한 산사(山寺)다
지난 날의 악행을 용서해 달라고
부처님께 빌고 또 빌어본다
부처님 왈,
물처럼 바람처럼 맑고 깨끗하게 살라했는데…
탐욕을 버리면 모든 번뇌와 악이 사라진다 일렀는데…
내 마음은 항상 갈대같이 연약하여
바람따라 물따라 이리저리 움직인다
오늘 부처님 오신 날을 맞아
이제부터라도 한 줄기 우뚝 선 나무처럼
내 의지를 굳건히 지키겠다고 다짐해본다
더도 말고 덜도 말고
4월 초파일만 같아달라고 부처님께 빌어 본다

이명

처음에는 저 푸른 숲속에서 들려오는
아름다운 매미소리였지요
여름 내내 나의 매미는
늘 내곁을 같이했지요
그러던 어느 날
매미는 홀연히 내 품을 떠나고
그 자리에 가을을 알리는 귀뚜라미가
아름다운 가을노래를 불러 주었지요
마치 이몸이 인생의 가을임을 알려주는 듯
이제 귀뚜라미마저
내곁을 떠나고
어디선가 들려오는
왕왕거리는 괴물 소리는
아름다운 노랫소리를 밀어내고
나를 괴롭히는 폭군으로 자리잡았다오
폭군 몰아 내려고 내 온 힘과 정열을 쏟았건만
그 놈은 점점 더 나를 옥죄옵니다
아! 괴롭도다
매미와 귀뚜라미 울던 그 시절이 그립다

염원의 노래

님이 갔습니다
어느날 홀연히
나의 곁을 떠났습니다
가는 것은 자유였으나
잡지못한 나의 잘못도 있었지요
그대여!
달 밝은 밤에 우리 서로 입맞추며
흐드러지게 놀던 때를 잊었나요
그 옛날
이집저집 다니며
있는 것 없는 것 다 나누어 주던
따뜻한 임의 손길 그립다오
임이여!
제발 이국(異國)땅엘랑 가지마소서
동방예의지국 꼬리 떨어질라
나는 오늘밤에도
이글거리는 화롯불 위에
싱싱한 전어 올려 놓고
그대의 가벼운 발걸음소리 기다리겠습니다
그리고 행복했던 옛 추억 회상하며
아름다운 훗날을 염원해 보겠습니다

설국열차(雪國烈車)

아! 억울하도다!
하필이면 끝칸이랴!
아! 행복하도다!
복이 많아 앞칸이로구나!
주지육림에 비단금침
행복하고 즐겁도다
부모 잘못 만나 벌레빵 먹어보니
원통하도다 누가 보상하리
너무 억울하여 앞칸에 침범하니
원래(原來)의 습성 버릴 수 없구나
어차피 타고난 팔자 원망할 수 없구려
처음부터 왕후장상(王侯將相) 없다지만
너나 할 것 없이 제자리 지키며 사는 것이
행복의 지름길 아닐까요

도시의 밤

하늘에서 별들이 쏟아졌다
온 대지가 별바다다
거리는 온통 은하가 되어
어디론가 하염없이 흘러가고
나도 한떨기 별이 되어
그들에게 휩쓸린다
이윽고 바다 끝 저편에서
피를 토하며 용솟음치는
태양이 두려운 듯
별들은 하나 둘 숨어 버리고
또 다른 밤을 기다린다

풋사랑

그 옛날 내 까까머릴 적에
그대는 단발머리였잖았소
어느 날 홀연히 모습 나타내더니
이 어린 가슴에 상처만 남기고
홀연히 떠난 그대!
지금은 어디서 무얼하고 계신지
이제 내 머리엔 하얀 서리 내렸고
그대 이마에도 인생 주름 그득 하겠지요
내 길을 가다 할미꽃이 된 그대를 보면
이 주름진 손으로 어루만져 주리라

봄은 어디서 오는가

봄은 어디서 오는가!
저 땅속 깊은 곳에서 힘차게 용솟음치며
밀고 올라오는가
별과 달과 태양이 빛나는 저 푸른 하늘
에서 내려오는가
아니면
저 남쪽 바다에서 훈풍을 타고
올라오는가
봄이 어디서 오건
산과 들엔 연초록 잎새 완연하고
일렁이는 파도따라 춤을 추는 수초에도
봄이 왔도다
수줍은 듯 자태를 뽐내는 꽃망울에도
졸졸 흘러내리는 시냇물 소리에도
힘껏 노래하는 새소리에도
정녕 봄은 왔도다

외침

살아 있는 자만이 괴롭고 슬프고 억울함을
외치는 것이 아니라오
저 지하에서 잠자는 영령들도
나라를 위해 몸 바쳤고 온 정열을 쏟았노라고
힘없고 권력없어 억울함을 당했노라고
힘들고 어려웠고 배를 곯았노라고
외치는 소리가 귓가를 울리는 듯하오
따사한 햇볕드는 명당에서 잠들고 있는 자 있는가하면
어둡고 그늘진 응달에서 쓸쓸히 잠든 영령도 있다오
죽어서라도 땅 한 평 갖고 싶었는데
저 세상엔 차별없을 줄 알았는데
이승 저승 따지지 말고 더 좋은 세상 만들어 달라고
이렇게 지하에서 외칩니다

살판났네

꽃이 활짝 피었네
하늘도 보고 땅도 보고
옆도 보고 뒤도 본다
벌나비 살판났다
꽃 좋아 하는 나도 살판났고
옆에 있던 아내도 살판났다
데리고 온 개도 살판났고
세상 모두 살판났네
꽃아 고맙다
온 세상 살판나게 해줘서

괴물

너를 바라보면 꽃보다 아름답고
너를 가지면 사랑보다 뜨거우며
너를 손에 쥐면 찰떡처럼 떨어질 줄 모른다
너를 사랑하기는 남녀노소 불문이고
때와 장소 가리지 않으니
너야말로 괴물중에 괴물이구나
책을 보고 글을 읽었으면
나라가 달라지고 운명이 달라졌을 것을…
안타깝다 너의 팬이 이렇게 많을 줄이야
누가 옆에서 불러도
앞에 누가 가는지
뒤에 누가 따르는지 상관않고
너만 보면 모두가 너의 손아귀에 있구나
집에서나 직장에서나
길에서나 차안에서나
너나 할 것 없이 모두가 얼이 빠지니
뭐가 그리 좋길래 그렇게도 미치는가

여정

아련했던 추억은 저녁 노을따라 서서히 지고
지나간 영욕들은 바람을 타고 홀연히 날려간다
명예와 입신위해 부단히 힘쓰지만
평화롭게 흘러가는 구름을 잡는 격
묵은 것 물러가고 새것이 다가오니
아낌없이 방 비우리라
하염없이 떠가는 저 태양은 먼 수평선 향해
쉼없이 달려가고
푸른 초원을 누빌 황금의 미래는
분주한 현재를 밀어내고
가슴 아린 과거로의 여행을 시작하누나

그대 생각에

바삭거리는 낙엽 밟는 소리에도
팔랑거리는 잎새 소리에도
왜 이렇게 가슴 설레이는가
저 멀리서 컹컹 짖는 개소리에도
잔솔밭에 이는 솔잎소리에도
왜 이렇게 잠 못 이루는가
소록소록 눈 내리는 소리에도
주룩주룩 내리는 빗소리에도
그대 생각에 잠 못 이루는 밤
꽃향기 백리가고
술향기 천리 간다지만
사람향기 만리(萬里)간다 하지 않던가
그대 아무리 멀리 있다해도
그대 벌써 나를 잊었다 해도
그대 향기 내 코끝을 속일 수 없는 것
나 그대 잊기 전에
그대 나 잊기 전에
둥둥 떠가는 저 흰구름에게도
스쳐가는 실바람에도
저 하늘을 나는 붕새에게라도
그대 소식 듣고 싶소

행복

많은 이가 찾는 행복
진정한 행복은 어디에 있는 걸까
찾으면 찾을수록
미꾸라지처럼 빠져나가는 행복
그렇게 힘들게 찾지만
행복은 과연 어디 있을까
지평선(地平線) 저 너머 있을까
산 넘고 물 건너
저 언덕 너머 있는걸까
등잔밑이 어둡듯이
내 마음속에 있을까
그러나
나는 찾았도다
행복이란
그 말 자체를 아주 잊어 버리면 되리라

기일(忌日)

어제는 부모님 忌日
생전에 며느리 부침개 솜씨
동네방네 자랑하시더니
해마다 기일이면
부침개 잡수시려고
정답게 손잡고 오신다
4반세기 이별에
외로움 달래주시려
어머님이 가신 건지
자식 설움 역겨워
아버지가 부르셨는지
세파에 시달리는
자식 걱정 되었음인지
천상(天上) 가신 날짜도 같으시네
머나먼 여행 길 힘드시겠지만
오랜 이별 회포 푸시고
못다한 사랑 나누소서
해마다 잡수시는 맛이지만
내년엔 더 맛있는
배추 부침개 부쳐 드릴께요

석심회(石心會)

몸은 돌처럼 단단하고
마음은 바위처럼 굳세구나
모양은 조약돌처럼 어여쁘고
정은 송진보다 끈끈하며
친화력은 피보다 진한 석심 친구들
저 높은 산처럼
저 넓은 바다처럼
기상이 넓고 높아라
고래 힘줄보다 질긴 인연
보면 즐겁고 안 보면 그립구나
바위에 새긴 마음에 새긴
우리 영원토록 변치 말자던 그 맹서
오래오래 간직하도록 하세

북촌마을

우렁찬 목소리로
불호령 하던 북촌 대감들
지금은 어디로 출타하시고
고택만 덩그러이 외로움 달래는가
대꼬바리(곰방대) 탱탱탱
여봐라! 하는 소리가
금방이라도 들려오는 듯하다

*대꼬바리 : 곰방대의 경상도 사투리

보상

귀청 날아갈 듯
성난 파도 같은 매미 울음소리
지루한 장마를 성토라도 하려는 듯
하늘가 살며시 햇님이 고개 미니
참매미 말매미 기다렸다는 듯
너나 없이 목청껏 울어댄다
긴 장마로 짧은생애
보상이라도 받으려는 듯
못다한 하소연
한꺼번에 토해낸다

2부

산
山

백봉산(栢峰山)

너의 이름 무엇이더냐

栢峰山이냐 白峰山이냐

아니면 묘적산이더냐

머리 풀어 헤쳐 뒤돌아선 여인네더냐

아니면 바람에 휘날리는 잣봉산이더냐

먼지 풀풀 날리는 산길은

안개 피듯 희뿌옇고

철지난 낙엽 푹푹 빠지며 걸으니

눈없는 눈길 걷는 듯하다

흰 봉우리 정상에 올라보니

남양주의 전경 눈 아래 펼쳐지고

세찬 바람이 흠뻑 흐른 땀 식혀주니

가슴 뻥 뚫리고 마음은 구름위에 있는 듯하다

어머니 품처럼 포근한 맞은편 천마산은

백봉산의 명성 시샘하고

커가는 남양주의 맹주자리 넘보네

* 백봉산 : 589.9m(경기도 남양주시 소재)

무제(無題)

힘들게 山 정상에 오르니
모든 것 다 이룬 듯하다
발 아래 펼쳐진 숲위를
새처럼 날고 싶고
산위를 흘러가는 구름 타고
멀리멀리 가고 싶으나
너무나 미약한 이 몸
할 수 있는 게 없도다
마음은 온통 욕심으로 가득하고
몸은 찌든 고깃덩어리네

축령산의 봄

해비친 양달엔 황토가 손짓하고
잣나무 그늘 아랜 아직도 흰눈이 두툼하다
눈 높이 쌓인 얼음위는 엉덩방아 십상이다
눈 녹는 계곡물은 봄노래를 부르고
돌 사이 구멍엔 다람쥐 한쌍 사랑싸움한다
뒷산의 고로쇠나무는 달콤한 감로수 주어
한 바가지 꿀꺽꿀꺽 마시니
겨우내 움츠렸던 몸에 힘이 솟는다
잣나무 사이 사이 오가던 청솔모 간데없고
못다딴 가지에는 지난날의 추억이 서려있다
물소리 바람소리 어제와 다르니
진정 봄은 곁에 다가 왔나보다
물맞이 꽃맞이 왔더니만
꽃은 아직 소식없고 잔설만 가득하다
님을 찾는 새소리가 이다지도 아름다우니
정녕 봄은 오는가보다

* 축령산 : 높이 879.5m(남양주시 수동면 소재)

장가계

신(神)이 부르기에
산(山)이 놀다가라고 꼬드기기에
도깨비에 홀린 듯 나도 몰래 스며드니
아름다운 여인의 날카로운 손톱이
금방이라도 할퀼 듯하다
현기증 나는 천길 낭떠러지 위를
조심조심 걸으니
구름위를 걷는 듯 숨이 멎을 듯
둥실둥실 떠다닌다
시선 시성이 시를 쓰고 오생이 그린 그림
여기다 옮겨 놓았네
높이 솟은 기암괴석엔 낙락장송 늘어지고
골짜기를 스산히 부는 태고의 바람은
값비싼 세월 지불한 걸작품 자랑하듯 한다
오물조물 떡고물 주무르는 듯한 장인의 솜씨에
얼빠진 듯 넋 잃은 듯 어안이 벙벙하여 말문 막히니
그 잘못 누구에게 탓하리

* 오생 : 당나라 산수화가 오도자
* 시선(詩仙) : 당나라 시인 이백(이태백)
* 시성(詩聖) : 당나라 시인 두보(杜甫)

운길산

운길산 정상에 오르니 가을하늘이 나를 맞고
솜 같은 뭉개구름이 두둥실 나를 반기네
싱그러움 안은 가을햇살이 온누리를 살찌우고
이마를 스치는 삽상한 가을바람이 한결 싱그럽다
수종사에서 내려다 보는 황금빛 들판은 풍년을 약속하고
철 잃은 벌나비가 가는 계절 아쉬워하며 분주하다
아직도 이루지 못한 꿈이 가슴을 무겁게 하지만
알알이 여물어 가는 가을이 모든 근심걱정 몰아낸다

* 운길산 : 높이 610.2m(남양주시 조안면 소재)

천상의 정원(天上의 庭園)

말로만 듣던 천상의 정원
여기 펼쳐지다니 경이롭구나
하늘에만 있는 줄 알았는데
땅에도 있다니 놀랍구나
저승에서나 볼 줄 알았는데
이승에서 볼 수 있다니
행운 중에 행운이로다
그 옛날 바빌론 왕국에 있었다던
天上의 庭園 여기 옮겨 놓았네
공기는 맑고 수목은 푸르러 산듯하니
신선이 된 듯하다
아름다운 자연은 신비를 노래하고
순박한 인간이 거기에 사네
덩실덩실 두덩실 이 천상의 정원에서
천년만년 살고 싶네

진달래능선

며칠전까지 몽우리만 몽글몽글하던 진달래가
엊그제 내린 비로 한껏 만개했다
청계산 진달래능선에 늘어선 진달래는
그야말로 그 이름값한다
마음껏 따 먹고 싶은 유혹이 몰려온다
그러나 이제는 더 이상 먹을 수가 없다
그 주범은 바로 대기오염이다
어릴적 배고프면 마음껏 따 먹고
술도 담그고 향긋한 떡도 만들어 먹었었는데…
어릴적 추억을 되살리며 호호 불고 "이까짓것
별일 있겠어" 하며 몇잎 따먹었다
이를 악물고 먹어보지만 어릴적 향수를 느낄 수 없다
어쩐지 찜찜하다
언제쯤에나 옛날처럼 마음껏 "진달래 먹고 물장구치고"
하는 추억을 맛볼 수 있을런지…
이제라도 진달래능선에 더 많은 진달래를 심어
아름다운 산으로 가꾸면 언젠가는
어릴적 먹던 진달래가 다시 피어나겠지

산(山) · II

天上에서 사뿐히 내려 앉아
조용히
어제도 오늘도 누워 있네
그리고 내일도 모레도
누가 밟아도
돌을 던져도
성내지 않고 평화롭다
봄 여름 가을 겨울 사계절
사치스런 옷을 갈아 입어도
그저 수다 떨지 않고
뽐내지도 않으니 성인같다
오늘도 바람과 태양과
뭇 생명들이 그를 스치운다

계룡산(鷄龍山)

산태극수태극(山太極水太極)이 짝을 이루고
금닭이 계란을 품으며 용이 승천한 우리의 영산
계룡산이 신령스럽게 자태를 뽐낸다
푹푹 빠지는 눈을 헤치고 중악(中嶽)을 힘들게 올라
스님과 처녀의 지고지순(至高至純) 오누이 사랑을 담은
남매탑에 이르니 매서운 한파가 어서오라 손짓한다
아득한 천길계단 쳐다보니
하늘과 끝닿은 저곳이 올라야 할 곳이구나
한발 두발 밑천삼아 우보처럼 오르니 어느덧 저기가 여기구나
뿌듯한 마음으로 뒤돌아보니 저기가 언제였던가
우리의 人生살이 여기다 옮겨 놓았네
삼불봉(775m)에 오르니 천하가 품안에 있고
가지마다 핀 상고대는 수줍은 듯 뽐낸다
그대들 더 가지마오 관음봉(816m)이 말리고
차가운 눈바람이 볼을 할퀴어 하산을 재촉하네
신선이 은거한다는 은선폭포 물길 그친지 오래인 듯
빙벽되어 쌀개봉에서 내린 태양빛에 더욱 빛난다
칼바람을 뒤로 하고 하산(下山)하니
상원조사가 우리를 반기며 동학사의 고즈넉한 법당에서
쉬어 가라 일러 주네.

지리산 둘레길 · II

길아!
둘레길아!
아! 지리산 둘레길아!
나 아직
어떤 것에 맛들이거나
어떤 것에 빠지거나
어떤 것에도 미쳐 본적이 없거늘
너는 어찌
나를 어찌 하려는가
이렇게 나를 못살게
미쳐 못살게
아니
스러져 가는 재가 되게 하는가

서달산의 여름

오월의 꽃
붉고 희고 노란 장미가 드문드문 아름다운 향기의
여운을 남기며 가는 봄을 아쉬어하듯 뽐낸다
여름은 보래색을 좋아하는 듯 맥문동 도라지 비비추 꽃들이
한데 뒤섞여 무르익는 여름 무더위를 조롱한다
힘있게 담을 타는 칡넝쿨은 짙고 그윽한 향기 내 뿜으며
길손들의 코를 즐겁게 한다
아직 철 이른 코스모스가 가을 기다리기 힘드는 양
한들거리고
간지럼 많이 타는 배롱나무는 간질이지 않았는데도
살랑살랑 붉은 볼을 뽐내며 춤을 춘다
아직 대낮인데 달맞이꽃 노랑 얼굴 수줍은 듯
둥근 달 맞을 준비를 하고
메밀밭인 듯 소금을 뿌린 듯 개망초가
여기저기 한껏 만발하다
군자인 듯 근심을 잊게 하는 원추리(망우초)가 등황색
꽃망울을 한껏 터트리고
어릴적 고향 철뚝길을 장식하던 철뚝싸리가
푸른 빛을 뽐내며 여기저기 무성하다
광복 70주년을 맞은 겨레의 꽃 무궁화는 통일을 기원하고
만지면 눈 다칠라 담을 휘감은 능소화가 소담스럽다
절앞에 핀다는 불두화(백당나무)가 수국인 양 탐스런
흰 꽃을 한껏 뽐낸다
겨레를 위해 몸 바치신 순국군열들이 잠들고 있는 현충원을 끼고
우리의 서달산은 어제도
오늘도 내일도 지친 우리들의 허파가 되네

방태산 계곡수

물 맑고 경치 좋은 것도
과유불급이면 어찌할거나
맑디 맑은 방태산 계곡수
어떻게 불러야 할지 표현할 방법이 없어
그저 벙어리 냉가슴 앓을 뿐이다
들리는 물소리는 한 폭의 동양화이어서
여기 물이 있음을 어리석어 이제 알겠네
수많은 숲을 헤치고 나무뿌리 헤집어 짜낸 계곡수
맛있는 감로순가 깨끗한 수정수인가
너무 깨끗한 잔치 먹을 것 없듯이
너무 맑고 깨끗한 물엔
고기가 살지 않는다지만
더러운 이내몸 그대와 함께 하며
정화수가 되게 해주오

인왕산(仁旺山)

인왕제색도(仁旺霽色圖)가
내 마음 꼬드겨서
인왕상에 올라보니
그 옛날 왕도가
여기 있음을 알겠노라
묵흔임리한필세는(墨痕淋漓筆勢)*
그때가 그랬음을 보여주고
하늘 우러러 한점 부끄럼 없기를 바랐던
별의 시인
이곳이 좋아 자주 찾았으리
옛어른 발자취따라
자락길을 걸으니
옛스러움 멋스러움이
그지없도다
이내 몸도 이곳에 살고파
강남집 팔고 오려하나
아무도 반갑게
맞아주는 이 없으리라

* 먹이 넘쳐 흐르는 듯 힘차다.

지리산 둘레길(산천구간)

지리산 자락따라 휘돈 냇물
뱀처럼 구불구불 큰 물길 만들고
경호강 상(上) 흰돌위엔
제 그림자에 놀란 청학 한 마리
사방 살피다가 이내
외다리로 겨우 몸을 지탱하며
오수를 즐긴다
주야를 쉼없이 흘러 바다로 가는
저 강물의 마음을 아는지 모르는지
필봉의 검은 그림자 강가에 어리었고
비 그친 왕산에는 흰구름 걸려있네
여기저기 산기슭엔 약초향기 흘러들고
한 시대를 풍미하던 명의들의 자취
가슴속 아련하다
산골짜기 둘레길위엔
흐드러지게 널려있는 산딸기가
갈 길 바쁜 나그네의 발길
자꾸자꾸 잡는구나
가쁜 숨 몰아쉬며 아침재에 오르니
해는 이미 중천을 넘어서고
웅석산 계곡위 정자엔
동네 아낙 한가롭다
흰 바위 푸른 솔 안은 어천마을
무릉도원 부럽지 않네

山

오르고 오르면 못오를 리 없건만
아직 오르지 못한 산이 많기도 하여라
오르고 또 오르면 못오를 리 없건만
오르는 횟수가 줄더니 올라가는 높이마저 점점 낮아진다
원정가는 횟수가 줄고 동네산 가는 횟수가 늘어난다
동네산 가는 횟수도 줄더니 올레길로 바뀌었네
사람이 어릴적엔 배(복식)로 호흡하고
나이들면 가슴으로, 죽을 때는 목으로 숨쉬듯…
나이 때문이기도 하지만 게으르고 약해진 의지
때문일리라
山은 아무리 밟아도 시끄럽게 해도
절대 화내지 않는다
가끔 말썽 많은 인간에게 재앙이란 경종을 줄 뿐
고함치고 시끄럽게 해도 메아리로 답할 뿐
우리에게 건강과 삶의 지혜 주는
어머니같이 포근한 山
깨끗하게 가꾸고 보존하여 그 은혜 보답하자
산이여! 미안하오
철없는 人間 용서하고
꿋꿋하게 솟아있어 주오!

-2012. 4.14 汾江

옥녀봉(玉女峰)

청계산 들어서니 공기는 쾌청하고
어제 내린 비는 잔설을 녹이며
계곡물 힘차게 흐르네
냇가의 메타세콰이어 흠뻑 물을 머금고
피톤치드 힘차게 뿜어내네
잔나무숲길 여기저기 진달래 몽울 볼록볼록
아직 "진달래 먹고" 노래는 일러라
여름에도 서늘한 바람골엔
생강나무 꽃 만개하였네
여성적이고 어머니 품 같은 옥녀봉
단양의 옥순봉이 시샘하겠네
옥순봉 아름답다 하나
사방 확트인 옥녀봉 서울 시민의 자랑거리
관악산에서 내려다 본 옥녀봉
아늑한 한 폭의 산수화이리

망우산

가을 망우산에 오르니
하늘은 쪽빛같이 푸르고
구름 한점 없네
초목은 황금빛으로 옷을 갈아입고
저 아래 유유히 흐르는 아리수는
가을햇살을 머금고
은빛 물결로 번뜩인다
산 둘레길 여기저기에는
조국을 굳건히 지켜준
우국충정의 지사묘가
탐방객을 맞으며 조국을 걱정한다
사가정에 올라
시원한 막걸리로 목을 축이며
자연을 찬미한
선생의 기개를 탐하노라

* 선생 : 서거정

강서 둘레길

녹음이 우거진 오솔길을 걸으니
숲이 손짓하고 이름 모를 새들이 반기고
아름다운 꽃들이 방긋 웃어주니
걷는 발걸음 솜위를 걷는 듯 가볍다
둘레길 언덕배기 무덤 하나
봉분도 크고 석물도 잘 갖추어져
후손이 정성껏 찾아오는 듯하다
그 무덤 옆으로 수많은 인파가
둘레길 돌며 바라본다
살아생전 잘 찾아오지 않아
외로운 여생을 보냈을 무덤의 임자
그러나 저승에서 더 많은 사람 찾으니
외로움은 저만치 갔겠네
이제와서 어두운 음택에서
많은 사람 찾은들 즐거움 아실런지
은빛 날개 반짝이는 비행기는
제 갈길 바빠 자락길 스치고
둘레길에서 내려다 본 아라뱃길 아리수는
어디로 흘러가는지 말이 없네

무릉계곡

신이시여!
인간이 그대를 신성시하며
신으로 모셨건만
이제보니
세상의 양극화(兩極化)
그대가 만들지 않았는가
낮이나 밤이나
시선 시성과 시를 나누고
선녀와 나무꾼과 신의 영역 다투지만
우리 인간들
일생에 한번 찰나 같은 시간내어
이곳에 왔노라
정절 선생이 그토록 찾았고
세속의 인간들
도화 찾아 헤매던 곳
바로 여기가 아니던가
나 이곳에 오긴 왔으나
훗날 다시 찾을 수 있을지 모르겠네
산과 단풍 계곡과 폭포수
어울리고 장단 맞추니
무릉계의 신선놀음에
도끼자루 썩는 줄 모르겠네

* 정절선생 : 도연명

177

선자령(仙子嶺)

말이 없다
그저 말이 필요없는지 모른다
뽀드득 뽀드득 눈 밟는 소리만 정적을 깰 뿐
매서운 대관령 추위가 빨간 앵두코 만들고
선자령의 거센 바람과
온 산을 휘감은 눈은
입을 버버리로 만들어 버린다
말하기 좋아하고
말하고 싶어 안달하는 그대들
말을 걸어도 묵묵부답
그저 앞만 보고 뚜벅뚜벅 걸을 뿐
무명옷에 버선 신고
고무신에 언 손 호호 불며 걸었던 옛길
두툼한 오리털에
두꺼운 장갑 끼고 걷는 지금의 산꾼들
신선(神仙)의 아들에게
옛 추억 전해준 고마움일랑
잊지 말게나

* 버버리 : 벙어리의 안동지방 방언

청량산 운해(雲海)

선생의 발자취따라
청량산에 오르니
청량사가 반갑게 맞는다
따사한 차 한잔에
세속의 때를 벗기고
구름다리 헤쳐오르니
문득 망망대해에 떠 있구나
풀쩍 뛰어 풍덩 빠져 볼까하다가
깜짝 놀라 다시 보니
하얀 운해가
가파른 절벽을 감싸고 도네

* 청량산 : 봉화군 소재
* 선생 : 김생, 이황, 이현보, 주세붕

방태산 주목

살아 천년
죽어 천년
북풍한설 모진 눈보라에도
끄덕않고 우뚝선 방태산 주목이여
그대는 보았는가
선화공주와 서동의 애끓는 사랑을
그대는 보지 않았는가
평강공주와 온달의 애타는 사랑을
비단옷을 입었던가
무명옷을 입었던가
말씨는 어떻고
음식은 어떠하던가
수많은 비밀 품고 온 그대는
그때와 지금의 연결고리
나쁜 것도 보았고
좋은 것도 보았겠지
지난 것은 뒤안길로 하고
우리의 금수강산
새 천년의 희망가를 불러주게

* 방태산 주억봉 : 1444m

금학산 만추

푹푹 발목까지 빠지는
가을눈을 밟으며
스키 타듯 금학산에 오르니
하늘은 구름을 감추고
깨소금 같은 가을햇살이 반긴다
발 아래 펼쳐진 태극 물길이
수태극을 이루니
여기 산태극이 시샘하네
발가벗은 동백은
계절 잊은 젖망울을 살포시 내밀고
여름내 풍성함을 뽐내던
계곡물은
지난 날의 추억을 간직한 채
쫄쫄거리며 흐른다

*가을눈 : 낙엽
*동백 : 생강나무
*금학산 : 홍천강가에 있는 국내 유일의 수태극을 볼 수 있는 산

태항산

벌써 태양은 중천에 있는데
천계산 꼭대기 걸린 저 달은
아직 넘어가기가 싫은가
힘들어 쉬어감이런가
술도 먹지 않았는데 머리도 취하고
눈도 취해 현기증이 남이로다
땅보다 하늘이 가까운 천길 낭떠러지
밑으로 바람이 스산히 불고
아무도 밟지 않은 태고의 땅엔
정적만이 흐른다
운봉산 구름은 지친 듯 쉬어가고
천개의 계단위 노야정엔
노자의 책 읽는 소리가 온 산을 울리는 듯하다
도화곡 맑은 폭포수엔
여의주를 문 용이 승천을 준비하고
귀신에 홀린 듯 도깨비에 홀린 듯 발길을 옮기니
말로만 듣던 무릉도원 바로 여기가 아니던가
빵차를 타고 천상의 길을 달리니
신선이 따로 없구나
가기는 가야 하는데 발길이 떨어지지 않으니
이는 누구의 잘못이던가

시산(詩山)

산이 좋아 산에 오르고
시가 좋아 시를 읊으니
신선 선인이 따로 없고
시성 시선이 따로 있을소냐

산천경계 즐기기는
이산 저산이 최고로고
풍류 흥취 즐기기는
시만한 게 또 있으랴

계곡물에 발 담그고
약주 마시며 시를 읊으니
남녀노소 따로 없고
빈부귀천 따로 있을소냐

울긋불긋 치장하고
가벼운 발길 오르니
다람쥐가 시샘하고
산들바람 동무하잔다

시산이 산을 부르고
시가 시산을 부르니
시산회원 영원토록
변치말고 만나세나

용유담(龍遊潭)

모퉁이 돌아드니
계곡물소리 천둥치듯 하고
다리 아래 푸르고 깊은 소가
심약한 길손 조롱한다
깊고 푸른 물속에는
승천하고픈 잠룡이
때를 기다리고
물속에 비친 산그림자
용이 그리워 잠겼으리
세속의 때 벗기려는 옛 어른들
예서 용과 장기 두면서
풍류를 즐겼으리

철마산

키만큼 우거진 억새풀을
지팡이와 손등으로 헤쳐오르니
세상은 넓고 시원스럽다
인적 드문 산 중턱엔
그 옛날 사람이 살았는 듯
까틀 복숭 흩어져 자라고
길섶 여기저기
멧돼지 저 세상인 양
활개치며 밭갈이했네
흘린 땀 식히려고
옥 같은 계곡수에 발 담그니
여름이 어드메뇨
올라갈 땐 헉헉거려도
하산하여 먹는 음식
둘이 먹다 하나 죽어도 모르겠네

금병산(춘천)

살레길 살레살레 고개 흔들고
콧노래 부르며 걸으니
생강냄새 풋풋하고
진달래향기 은은하다
세상은 변하고 세월은 가도
유정 선생이 맡던 향기는 변함없으리
금병산 정상에서 내려다보는
호반의 정취 발아래인 듯하고
푸른 의암호가 은빛 날개짓한다
옛 선조들 오르던 봉위산이
저만치 아련하니
건너편 삼악산이 저렇게도 샘을 낼까
한 시대를 풍미하던
비행장과 미군 막사는 오간 데 없고
망치소리와 도자소리만 요란하다
동백꽃 산수유 여기저기
봄을 기웃거리지만
두 꽃 구별 못하는 꽃치는
면박만 당하고 하산하노라

* 금병산 : 높이 652m(춘천시 신동면 소재)

바우길

바우를 벗삼아 바람을 동무삼아
새벽길 저녁길 되어도
거친 땅 옥수수 감자
거친 밥 지어 먹어도
그길 숙명이라고 힘든 줄 몰랐으리
사대부도 민초도 들짐승도
대관령의 모진 바람도
이 길 넘었으리
손때 발때 묻은 바우길 바우는
감자 바우 이름 달고
예나 지금이나
옛 모습 아련히 간직한 채
공평하게 길손 맞네

가은산

작은 것이 고추처럼 맵더라
벼락바위 사이로 스며드는
단양호의 살바람이
코끝을 맹하게 한다
꽃들은 봄 한철인데
조그마한 것이
사계절 새와 벌나비 불러 모으니
맞은편 옥순이와 두향이가
심술궂게 노려본다
청풍명월에 신선이 찾아드니
작다고 깔보지 마라
두 계절 품은 가은산에
따사한 봄볕이 내린다

* 가은산 : 제천 단양호 곁에 있는 산. 해발 575m

가을설악

와! 참 예쁘네
아! 참 곱다
하! 참으로 아름답구나
산과 수목 얼마나 입맞춤했을까
요렇게 고울려면
이웃과 이웃 얼마나 사랑싸움했겠나
이렇게 곱고 아름다울려고
지난 겨울 여름 알뜰히도 이겨냈는가보다
아! 정말 아름답도다
눈이 시리도록
여보게! 나 더이상 말로 표현 못하겠네
시선 시성은 어디 있느뇨!
선녀와 나무꾼은 어디있고!
어쩔 수 없다네!
노병은 이제 입만 크게 벌린 체
허공만 헤매겠네
그리고 그 무엇이 되어 사라지겠네
표표히!

용봉산(龍鳳山)

땅의 봉황과 물의 용왕이
홍성땅 넓은 들에
기암괴석 차려놓고
신선잔치 벌렸네

꿈에도 그리던
보고픈 아름다운 금강산
못본지가 몇몇해던가
하늘의 우공께서
온 백성 소원풀어
여기다 옮겨 놓았네
팔폭평풍 펼쳐 놓고
부처님께서 주례 서고
온갖 동물 하객되네

고깔 쓰고 가마 타고
넓디 넓은 이곳에다
백년가약 맺었구나

주위는 회색도시로 변해도
산천은 의구하구나

* 용봉산 : 해발 381m(충남 홍성 소재)

산(山)·III

말없이 꿋꿋이 서서 인간세상을 내려다보는 산허리위로
산안개가 뭉실뭉실 피어오를 때면
저만치서 허리를 휘감아 도는
바람과 구름을 벗삼아
아름다운 예술작품이 만들어진다
눈 비 바람 다 받아들이고
저를 크게 해하지 않는 한 화내지도 않는다
가끔은 자연이 외치는 소리에 응답할 뿐이다
비 그치고 구름이 마루에 걸릴 쯤
하늘과 맞닿은 정상엔 햇볕이 살포시 내려 앉고
외로운 산장엔 태고적의 정적만 흐른다
어느 때는 포근한 어머니 품속 같다가도
어느 때는 엄하디 엄한 아버지의 심술도 부리지
아름다운 풍경을 선사하고
꽃과 새와 물을 벗 삼아
꿋꿋이 위엄있게 자리를 지킨다
푸르고 신선한 공기를 선사하고
소리치면 저만치서
메아리로 화답한다
못된 인간들이 여기에 들면
순한 양이 되고
병약한 인간들을 굳세게 만들지
잘 대하면 순한 양이지만
푸대접하면 심술부리는 산
우리 인간들의 좌표가 되리

청풍명월

신선이 되어 제비봉에 오르니
온 천지가 청풍명월이라
옛 성현들은 노 저으며
풍류를 즐겼는데
지금은 유람선 타고 유람하네
모양새는 달라도
즐기는 멋은 같아라
어여쁜 옥순이가 거북이 등에 올라
구름위를 노니니
건너편 검투사가
시시콜콜 시샘하네
성현들은 가고 없는데
두향이만 홀로 외로워라

* 성현 : 역동, 퇴계
* 두향 : 퇴계 선생과의 로맨스에 얽힌 단양 기생
* 제비봉 : 해발 721m(충북 단양 소재)

청산도(靑山島)

겨우내 맞은 해풍
보리싹 파도 일면
오솔길 검은 염소
내 바지 물어 뜯지
보적산 옹달샘에
낮달이 멱 감으면
세파에 시달린 이 몸
청옥(靑玉)으로 갈고지고

* 보적산 : 해발 330m(전남 완도군 청산면 소재)

동강(東江)

시인을 삼켜버린 동강의 여울
수태극(水太極) 산태극(山太極)에
그대 마음도 태극이니

뼝대 사이 놓인 구름다리 타고
신선 한번 되어 볼거나
은모래 반짝이는 물결에 취해
신선과 노닌지 찰나인데
일행들 사라진 줄 몰라라

이순(耳順)이 되고서야
물소리 알아들으니
지나간 삶이야 곱씹은들
무엇하리
반려자여! 미안하오!
나 혼자 비경 즐겨
40여 년 함께 살아도
내 해준 것 없어라
강심에 떨어진 꽃잎 하나
그리움 안고 묘연히 흘러가네

* 뼝대 : 절벽을 일컫는 강원도 토속어

만추

가을 녀석이
애써 가꾼 푸른 청산
다 갉아 먹고
살금살금 내려오더니
아직 배가 덜 찬 양
우리집 뜰까지 내려와
똑똑 문을 두드린다
여름내 즐겁게 노래하며
한계절 풍미하던
매미 신세처럼
헐벗은 옷 걸쳐 입고
이리저리 배회하지만
맞아주는 이
찬 바람과 흰 눈뿐이네

물소리길

물소리길 들어서니
달맞이꽃이
달 대신 나를 먼저 반긴다
햇볕이 나를 휘감아
또 다른 나를 만들어
외로운 길손 동무되니
들리는 것이라곤
정적(靜寂)소리 뿐이네
농부 손길 바쁜 길섶 여기저기
오곡백과 익는 소리 여유롭고
하늘 나는 잠자리
내 허락도 없이
천연스럽게 손등에 내려앉아
오수 아닌 오수 즐긴다
어제는 전쟁터였는데
연꽃위에서 내려다 본 세상
오늘은 진정 평화롭기만 하다

* 연꽃위 : 부용산(해발 366m : 경기도 양평)

모락산(慕洛山)

작은 것이 맵더라
요까짓 깔보며 식식거리며 올랐더니
등골에 땀이 그득하고 서해에서 세차게
부는 바람 이마의 땀을 금방 날려보낸다
힘차게 불끈 쥔 주먹바위는 원망맺힌 자의
머리를 금방이라도 날릴 듯 결연하고
사모하는 이 초대하여 돌말에 태우고
조개구이 즐기니 세상 부러울 것 없으리
누군가 가꾸던 복숭아나무 서쪽으로 기운
태양에 주인 잃은 듯 긴 그림자 드리우고
고색 창연한 역사 자랑하던 한성 백제토성은
그 옛날 군사들의 요람이었으리
아직도 요란한 총성 귓가를 울리는 듯한 전쟁터엔
늠름한 승전비가 오가는 산꾼들 맞는다
흥성하던 가람(伽藍)은 역사의 뒤안길로 사라지고
약수터만 덩그러이 남아 옛 자취 아련히 남긴다
한없이 트인 정상에서 사방 파노라마로 펼쳐진
도시들을 내려다보며
대장부의 기개를 한껏 탐하노라

* 모락산 : 해발 385m(경기도 의왕시)

산사(山寺)

은은(殷殷)히 들려오는 풍경소리
산사의 적막 깨고
은연히 들려오는 목탁소리
뭇 생명들 잠을 깨운다
갖은 번뇌 잔뜩 짊어진 산꾼들
스님 염불소리에 바쁜 걸음 멈춘다
온갖 진념(塵念) 벗어놓고
가벼운 발길로 하산(下山)하자고
몸과 마음에 맹세하건만
집앞 뜰에 당도하기도 전에
머릿속을 떠나고 없네

강릉옛길

푸른 물감 부은 듯 파란 하늘 높고 높아 티 한점 없고
바다 또한 푸르러 고색창연한 옛도시 감싼다
금색으로 칠한 듯 황금들판엔 수천 수만년 동거한
고개 숙인 성인이 갈 길 바쁜 길손 맞고
경포대에서 바라본 잔잔한 경포호는
유수한 옛 선비들의 멋진 시상 되었으리
쭉쭉 하늘 향해 뻗은 금강송(적송)은
이곳이 절개 꼿꼿한 선비의 고장임을 알리고
옛길 밭뚝 여기저기엔 짙은 들깨내음이
땀내나는 지친 나그네 코와 마음을 즐겁게 한다
오곡백과 무르익는 소리 등살에 매미소리 자취 감추고
운무하듯 바람결에 살랑이는 푸른 강산
곧 아름다운 단청옷을 갈아입으리라
외로운 8살 신동초희는 잔솔밭에서 글솜씨 뽐내고
이상세계 꿈꾸던 교산선생의 생가터엔
한맺힌 절규 간직한 듯 백일홍 붉게 물들고 있다
산길마다 옛 어른들 자취 아련하여
소음내며 달리는 자동차와 격세지감 느끼게 한다
이름모를 버섯들을 두 발로 툭툭 차며
익어가는 가을 산길을 만끽하노라
100리를 걷고 나니 어느덧 내일을 기약하는 어둠이
경포호 위에 짙게 내려 앉아 고요의 밤을 맞는다
오늘따라 하늘 높고 푸르름은
낯선 길손의 발길 잡으려는 심산이 아닐런지

* 초희 : 허난설헌
* 교산 : 허균

199

용문산 은행나무

그대 어디서 왔는가
혹자는 지팡이에서
혹자는 나라 잃은 태자의
서러운 눈물 자국이라던데
그대 나이 천년이라지만
푸르고 웅장하고 매끈하여
모두가 홍안이라 야단일세
용문산자락 깊은 골에서
천년을 굽어보며
숱한 역사 간직하였으리
한때는 염증 느껴
시들어가던 그대 모습이었지만
칠천 만 민족의 염원
조국통일 이루게 하려는
길조가 아니던가

소쇄원(瀟灑園)

바람소리 물소리 새소리
바람결에 흔들리는 대소리
적막한 광풍각 깨운다
사방이 푸른 숲에 쌓여
하늘만 빠끔히 보이네
세속의 풍진 잊고
속세에 묻혔으니
누구를 원망 하리
제월당에 걸터앉아
지난날을 그리워하며
태평세월 기다려 보노라

* 소쇄원 : 조선 중종 때 선비 양산보 선생이 이룬 조선 최고의 민간 정원(전남 담양 소재)

호연지기(浩然之氣)

산을 베개 삼고
하늘을 이불 삼으며
이슬과 비로 배를 채우고
바람을 벗 삼으니
마음은 하늘 가득하고
몸은 땅 그득 하도다

3부

자연
自然

봄

따사한 부뚜막에 코를 박고 단꿈 꾸는
고양이가 봄을 먼저 안다
겨우내 골방에서 움츠리며 기침해대던
햇영감이 창문을 활짝 열고
먼산 바라보면 봄은 저만치 왔겠다
들판에 아지랑이 피어오르고
종달새 지지배배 지저귀면
봄은 화들짝 잠을 깨고 기지개 켠다
깨 같은 봄볕이 밭매는 며느리의
어깨에 살포시 내려 앉아 춤을 출 때
봄은 벌써 이만치 왔다
이산저산 이들저들 꽃들이 경주하며
상춘객 발자국소리 요란하면
봄은 이미 깊어간다
어느덧 가는 봄이 그리워 꽃은 지고
온몸 나른하여
긴 하품 토해내면
봄은 벌써 저만치 물러간다
가는 세월 잡을 수 없듯이
떠나가는 봄 잡지 말거라
어차피 봄도
가야할 곳이 있느니라

달을 품은 구곡(九曲)

도장방 차릴려고 화양구곡 들렀더니
회양목은 간데없고 달과 별만 그득하다
혼탁한 세상에 갓끈을 감추고
호젓한 이곳에다 자연박물관 차렸도다
금사당 맑은 계곡물 위로 작은 배를 띄우고
달과 함께 암서재에 오르니
아직도 선비들 글 읽는 소리가
동천을 진동하듯하다
하늘의 달을 따다 물속에 감춰두고
천겹만겹 첨성대는 별을 따다 먹을 감는다
큰 바위 우뚝 솟아 하늘을 찌르니
옆에 있던 첨성대가 시시콜콜 시샘한다
일렁이는 여울속엔
거대한 잠룡이 승천을 준비하고
낙락장송 학소대엔
청학 한쌍이 둥지를 틀고
호령하며 비상한다
옥반 옥잔에 두견주 부어
달과 바람과 용이 합석하니
달도 취하고 용도 취하여라
예 섯거라!
지상낙원 여기두고
그대 어딜 가려는가!

달

창가에 누워 자는데
누가 빠끔 들여다보는 것 같아
발을 들치니
월광보살께서 내려다 보신다
나는 서쪽으로 서쪽으로
하염없이 길을 떠나는데
너는 어찌하여 잠만 자느냐는 듯…
이제 곧 햇님이 뒤쫓아올텐데
아직 중천에 걸려 가지 못하고 있네
오늘 가면 내일이 오고
내일 가면 모레가 또 올텐데
뭐가 그리 급하냐는 듯…

파도

너는 씨름 선수
샅바도 없이 상대를 쓰러뜨리니
너는 역시 싸움 선수다
바람이 셀 때는 소싸움
바람이 약할 때는 닭싸움
바람이 조용할 때는 얌전한 새악시
서로 밀치고 덮치고 쓰러지는구나
그래도 너희는 공정한 경쟁자
하나 쓰러지면 다음 선수가 밀려오고
다음 선수가 쓰러지면 또 다음 선수가
힘차게 밀려왔다 힘차게 밀려가는
받은 만큼 다시 돌려주는 정 많은 너
목소리 크면 이기는 인간보다
너희는 진정 공평하고 공정한
경쟁자

늦가을

바스락거리는 소리에
창문을 여니 아무도 없어
멍하니 빈 하늘 처다보니
아르테미스가
나를 만나러 온 것인가 보다
스치는 바람소리에도
낙엽 날리는 소리에도
가슴 뛰는 계절
이제 가을이 깊었나보다

*아르테미스 : 달의 여신

낙엽

그대여!
그대 울긋불긋한 단풍 그릴 수 있으되
떨어지는 낙엽소리 그릴 수 있느뇨
그대여!
그대 떨어진 낙엽 그릴 수 있으되
바스락 낙엽 밟는 소리 그릴 수 있나요
그대여!
그대 수북수북 쌓인 낙엽의
구수한 향기 그려보았는지요
그대여!
너무 그릴려고 애쓰지 말고
맑고 영롱한 눈속에
밝고 초롱한 귓속에
고이 간직함이 어떨런지요
단풍 들고 낙엽 지고 낙엽 밟는 소리
눈에 넣고 코에 넣고 귀에 넣어 간직함이
어떨런지요

어물전

신선한 생선이 먹고파
산 넘고 물 건너
재래시장까지 왔다
이것저것 고르는데
고등어 좌판대에 이런 글이
"오늘 새벽 사망"

병원 가는 날

오늘은 병원 가는 날이다
병원이 멀어서 자주 못간다
병실은 푸른 숲
약은 시원한 약수
의사 선생님 진찰하신다
"스트레스로 몸과 마음이 지쳤구료
오늘 주사 한방 시원하게 놓아 드리리다."
피톤치드로 주사 맞고
시원한 약수로 치료 받았다
의사 선생님 왈
"다음 오실 때는
모든 짐덩이 다 내려놓고
빈 몸과 마음으로 오세요"

목련 · I

창밖에 붓장수가 왔다
"붓 사세요" 외친다
봄비 내린 다음 날
홀연히 나타나 붓을 사라한다
붓이 많아
어느 것을 택해야 할지 망설이다
그 중 튼실한 놈 하나 골랐다
그리고 멋지게 한번 써본다
'公正社會'라고
며칠 후 그 많던 붓은 사라지고
희고 청초한 여인이 찾아왔다
미인이 붓보다 더 좋은 양…

점석(點石)

태백 황지에서 발원한 내(川)가 강이 되어 용솟음 치며 내려
분강천(汾江川)에 넓고 깊은 강을 만든다
바다처럼 넓고 어머니 품속처럼 안온한
그 넓은 강상(江上)에 조그마한 바위섬 하나
애일당(愛日堂)에서 바라보면
점석(點石)이라 부른다
헤엄쳐 이르면 포석정처럼
아늑한 자리에 물이 흐르고
그 옛날 농암 퇴계 나라걱정하며
약주 주고 받으시며 시가를 읊던 곳
붙잡는 임금의 손 뿌리치고
한 분은 노 저으며 강호가도 노래하고
한 분은 서당에서 후학을 가르치니
중앙의 나라님은 섭섭하되
마음 든든하였으리

* 애일당(愛日堂) : 농암 이현보 선생이 건립한 정자

새끼오리

휘몰아치는 강바람에
갈대숲 술렁이고
잔잔한 강물에는
하얀 물결 춤춘다
황폐한 강안에는
돌무덤과 잡초만 무성하고
바삐 움직이는 인간들
발소리 분주하다
알 품을 덤불도 없는데
새끼오리 여러 마리
어미도 없이 저희끼리
정답게도 잘도 논다
오가는 인기척에
재주 부리듯 잠수하니
다시 올라온 곳 멀지않다
한적한 시골 호수 숲속
넉넉하고 평화로울텐데
어찌 시끄럽고 몸둘 곳 없는
대도시에 터를 잡았나

DMZ 수달(水獺)

天綱恢恢 疏而不漏(천망회회 소이불루)
하늘은 넓어도 걸러지지 않는 것이 없고
鐵綱恢恢 疏而不漏(철망회회 소이불루)
전방의 철책선에 걸리지 않는 것이 없다지만
고디우스 왕의 매듭처럼
온 사방이 얽히고 설킨 인간보다
귀가 작아 듣기 어렵고
눈이 작아 보기 힘든 것이
동서남북 겁도 없이
자유자재(自由自在) 쏘다니니
신출귀몰한 너는
진정 자유의 몸이다
먹을 것 갈 곳 걱정 없고
무서운 총칼도 필요없으니
도대체 너에게는
근심걱정이 무엇이냐

물안개 · II

팔당 호수 위로
솥에 불을 땐듯
물안개가 연기처럼 피어오르고
시샘하듯 안개 사이로
햇살이 살포시 내려앉는다
은빛 물밑으로
새로운 신천지가 펼쳐지고
쭉 뻗은 호숫길 위로
바삐 움직이는 영혼들
이제 물안개가 되어
하늘 높이 솟으리

신작로(新作路)

오산 자라산 사성암(四聖庵)에 오르려는데
길을 몰라 헤맨다
너무 적막하여 길을 물을데 없으니
갑갑하기 그지없다
홀연히 나타난 꼬부랑할머니
친절히 길을 가르쳐주는데
요리조리 이 언덕 저 언덕 넘어
신작로(新作路)로 가라한다
어렵게 찾아 힘들게 오르니
아직도 절반 남았단다
이마에 흐른 땀을 산바람이 시원히
날려 보내니 가슴이 후련하다
군데군데 습지에는 멧돼지의 목욕자국 선명하여
금방이라도 나타날 듯하다
부슬부슬 내리는 봄비는
앙상한 나무와 흙과 낙엽을 적시니
온 산이 약초 냄새로 진동한다
힘들게 오른 사성암엔 영험한 기운이 감도니
세속에 쌓인 번뇌가 말끔히 씻긴 듯하다
약사보전에 가족안녕과 건강을 비는데
옆의 보살님이 영험하다 일러준다
소원바위에서 소원 빌고 도선굴을 나오니
신천지(新天地)가 펼쳐지고

구례가 눈 아래 있네
푸른 빛 머금은 섬진강 말없이 흘러가며
속세의 근심걱정 싣고가네

* 四聖 : 원효, 의상, 도선, 진각

새빛 둥둥섬

망치소리 요란하더니
어느날 한강위엔
둥글고 예쁜 섬 세 개가 우뚝하다
뭇 시민들 호기심에
인산인해 이루니
새빛의 푸른 꿈 안고
아늑한 휴식처 되리
유유히 흐르는 아리수는
둥둥 뜬 민초들의 맘
아는지 모르는지 무심하고
외로운 가로등불
새빛둥둥섬 둥근 지붕위에
그림자 길게 드리우네

어린애가 되고 싶다

아침마다 들려오는
아름다운 꾀꼬리소리
귀를 쫑긋 유심히 들으니
옆집에서 들려오는
애기 꾀꼬리소리
눈동자 보지 않아도
목소리만큼 맑고 티 없겠지
거친 목소리로
노래 한곡조 부르기도 힘든 이내 신세
한곡조만 빼어도
어느덧 쉰소리 쇳소리
남의 귀를 괴롭힌다
맑고 청초한 목소리로
한때를 구가한 지가
언제였던가
부럽도다 애기야!
아! 옛날이여!
나도 다시 어린애가 되고 싶구나!

매미일화

도심의 매미는 추억이 없다
한밤중에 소음만 일으키는 애물단지
매미의 잘못이 아닌 인간의 이기주의
자연에 대한 정서를 잃어버린 현대인의 빈곤
우산으로 매미 똥구멍을 찌른 어릴적 장난
찍 갈긴 오줌 덮어쓰는 벌로 되돌아왔지
호호 깔깔 웃음은 녹음이 훔쳐가고
아련한 동심은 도시 아이에겐 없으리
"죄와 벌" 읽고도 성찰 않는다면
매미의 소리판을 떼는 것만 못할 터
사랑의 세레나데에 귀청 떨어져도
들으라!
번뇌가 있어야 선정(禪定)도 있다네

좋다 좋아 왜이리 좋노

그대 왜 산에 오르느냐 물으면
나는 그냥 산이 좋아 갑니다 라고 하겠다
그대 그런 무성의한 대답이 어디 있느냐 항변하면
눈 녹은 유리알 같은 계곡물에 매혹되어
개처럼 엎드려 옥 같은 물 한모금 들이키니
온 몸에 정기 솟아 오르니
어찌 가지 않으리오 하겠다
평창동 높은 어느 사찰에서 건너다보는 풍경은
이태리 소렌토의 절벽마을 옮겨 놓았네
요리조리 숲을 헤쳐오르니
어느덧 시원한 솔바람 부는 솔밭
마누라 흥겨워 "오늘 정말 좋다 좋아" 연발이다
나도 "그래! 좋다 좋아 왜이리 좋노" 한다
비싼 여행, 골프 다 좋다지만
이만한 여유 비하겠는가
100여 년 다 된 추어탕집에서
탁배기 한잔 걸치며 먹는 그맛
마누라 "참 맛있다" 연발한다
나도 "그래 좋다 좋아 왜이리 좋노"

초목도 존엄이 있다

비오는 산길을 걷다가
신발이 너무 더러워
초목에다 이리저리 비비니
옆에 있던 아내 왈
남의 귀한 얼굴에다
그렇게 문지르면 초목이
기분좋다 할까요?
자연을 사랑하는 이내 얼굴은
금새
홍당무가 되었네

동행

뭉개구름처럼 피어오르는
안개를 벗삼아
새벽산길을 걸으니
구름위를 걷는 듯하다
가도가도 앞을 가로 막는다
내가 안개를 따라 가는건지
안개가 나를 따르는지 모르되
해가 뜰 때까지 동행이다
포근한 솜처럼
나를 감싸주니
어느덧 외로움은 저 멀리 갔네

가을소리

가을 오는 소리 여기저기서 들린다
짙푸르던 산들이 울긋불긋 때때옷 갈아입으면
가을은 저만치서 온다
텃밭 할머니의 등어리에
고추잠자리 바쁘게 내려앉고
들판 여기저기서 깨 익는 소리 요란하면
가을이 눈앞에 어른거린다
판잣집 문칸이 가을바람에 덜그덕거리고
연탄배달 아저씨의 계단 밟는 소리 터벅터벅 들리면
가을은 이만치 왔다
가을 가는 소리 여기 저기서 들린다
어미에게 버림받아 가벼운 바람에도
뚝뚝 떨어지는 낙엽 밟는 소리 사각사각 들리면
가을은 깊어간다
노총각 노처녀 가는 해 하소연하고
콸콸 쏟아져 내리던 계곡물 조용한 새아씨되면
가을은 마지막 문을 닫는다
그래도 가는 가을 아쉬워
수험생 한숨소리 요란하고
여의도 정치인들 싸우는 소리 떠들썩
강을 타고 흘러 내리면
이미 가을은 슬머시 꼬리 감춘다
정초에 한 결심 아무것도 이루어진 것 없어도
한 해는 속절없이 저물어간다

닭갈비

붕어빵에 붕어 없고
파리바케트 파리에 없듯
닭갈비에 갈비없네
갈비란 손에 쥐고
이빨로 발라먹어야 제맛인데
갈비는 누가 먹고
살코기만 남았네
춘천의 토속음식 온국민 사랑 받으니
이제는 전국구가 되었네
그 옛날 외출 나와
즐겨먹다 혼자 되어도 모르던 그 맛
예나 지금이나 변함없네
오늘도
닭갈비 굽는
주인장의 서걱거리는 소리는
먹어도 먹어도 부족한 듯
객들의 입과 눈을 홀리네

현충원의 봄

봄은 한껏 부풀어 뽐내고
꽃은 만개하여 도도하다
새들은 하도 울어 목이 쉬었는데
아직도 눈귀 어둠에서 헤매는 그대들
어찌하란 말인가
군데군데 떨어진 성급한 꽃도 있지만
아직 와야 할 꽃 더 많네
내가 가야 하듯 그대도 가야 하나니
가는 그대 누가 잡을 수 있으리오
평소에 한적하던 인적
제철 맞아 인산인해다
나 여기 좋아 살고파도
나라에 한 일 없으니
나를 반겨줄 일 또한 없으리
이 세상 영원한 것 없다지만
명예야 누가 가져가리

군자(君子)

꽃잔치 끝난지가 어제인데
늦게 찾은 객이 주인행세한다
그리 화사하지도 추하지도 않은 것이
그저 수수하다
文勝質(문승질)도 아니오
質勝文(질승문)도 아닌
문질 彬彬(빈빈)한 것이
君子답다
모두들 君을 잊지 못하여
매년 축제까지 열며
또 다른 꽃잔치 벌린다
연분홍 산주(山主)와
人間山客 어울리니
봄잔치 무르익는다
花無十日紅이라 하지만
그건 너무 짧지 않는가

폭풍우

순풍에 돛을 달고 달리고 달려
광야에 닻을 내리고 저 멀리 태산으로
여행을 시작하려 한다
떠날 때는 가랑비더니 어느덧 폭풍우로 변한다
비는 억수같이 퍼붓는다
아니 양동이로 붓는 듯하다
거기다 바람까지 그야말로 폭풍우다
손에 든 우산은 나의 손발을 더욱 옥죈다
차리리 숲을 헤치고 가면 손발은 자유롭지만
피할 곳도 도움 받을 곳도 없는
황량한 들판에서
주저앉을 것인가 쓰러질 것인가
안된다! 쓰러지면 안된다
가다보면 언젠가는 비가 그칠 것이고
바람도 잔잔해질 것이다
저 멀리서 구름을 뚫고 해도 비치겠지
잠시 뒤 하늬바람이 얼굴을 간질이니
용기가 백배다
비도 바람도 멎고 지평선 저 너머로
드디어 태양이 빛난다
하늘엔 뭉개구름도 떠간다
보아라! 거기서 쓰러졌으면 어쩔 뻔했으랴
태산의 여행은 순조로이 끝나고

전에 닻을 내렸던 곳의 배도
나를 반갑게 맞아준다
또 다시 온 길 순풍의 돛을 달고
여유로운 항해는 계속된다
또 다른 폭풍우가 몰아칠 때까지

* 하늬바람 : 농가나 어촌에서 서풍(西風)을 이르는 말

모든 것이 내것이여

나는 세상에서 가장 부자다
보이는 자연이 모두 내것이기 때문이다
땅을 밟으면 풋풋한 흙냄새가 코를 찌르고
상큼한 숲이 나를 안고 내가 숲을 안으니
집안에 갇힌 정원이 아니고
새장에 갇힌 새가 아니다
산을 오르니 정상에서 달콤한 산들바람이
이마의 땀을 씻어주니 기분은 상쾌하고
옥 같은 맑고 찬 계곡물에 발 담그니
신선이 된 듯하다
누가 내땅 네땅 더 넓다고 하며
누가 내집 네집 더 크고 비싸다고 했는가
보이는 것 만지는 것 모두 내것이고
밟는 땅 쳐다보는 하늘 내것이거늘
내것 네것 따져 무얼하랴
어차피 인생이란
공수래공수거가 아니던가

약수(藥水)

방금 얼음에서 꺼낸 듯 차디차고
꿀을 탄듯 달콤하여라
부채를 부치듯 시원하고
바람을 쐰 듯 정신이 맑아지네
집을 나설 땐 근심 한가득
들어갈 때는 기쁨 한가득
올라갈 때는 숨이 한가득
내려올 때는 웃음 한가득
동네방네 정겨운 이야기
옹기종기 여기 다 모였네
시원한 물 한잔에 온몸이 상쾌하니
너야말로 약중의 약이로다

생의 애착

창문 방충망에 매미 한 마리 천연스레
꼼짝 않고 앉아 있다
아직 매미 소리 듣지 못했는데
어디서 날아왔는가
하도 이상하여 손가락으로 살짝 튕기니
죽은 듯이 꼼짝 않는다
오래 먹지 못해 죽었겠지 하고 있는데
옆에 있던 마누라
굴러온 복 왜 쫓느냐 한다
며칠 지나도 그 자리에
그대로 앉아 있다
정말 죽지 않았다면 굶어 죽었겠지
혹시나 심술궂게 다시 한번 툭치니
횡하고 날아간다
하늘 가득히 안고
"고맙습니다 주인장
장마비를 피하게 해 주서서"

영덕 블루로드

2013년 1월 1일 아침해가
어둠을 뚫고 힘차게 솟아 오른다
검붉은 구름위로 그 장엄한 모습 드러내니
세상의 어둠 사라지고 밝은 새해 기약한다
서산에 걸린 밝은 달은 떠오르는 태양 시샘하듯
서서히 자취를 감추며
부둣가에 서 있는 나의 그림자를
더욱 길게 만든다
천둥치듯 파도의 굉음소리는
밝게 떠오르는 새해 태양과 함께
새벽 정적 깨운다
어부는 부르릉 시동 걸고
만선의 꿈 안고 먼 바다로 향하고
물끄러미 쳐다보는 이 몸도
새희망을 향해 몸을 돌린다
꿈에도 그리던 영덕 블루로드
해돋이 전망대에서 축산항까지
푸른 바다 흰 파도 벗 삼으며 걸으니
동해의 절경 진수 마음껏 맛보노라
소주와 곁들인 싱싱한 회
망망대해 바라보며 즐기니
"왜이리 좋노"가 한없이 입에서 쏟아지고
신선이 된 듯 선인이 된 듯
이몸 구름위를 노니는구나!

경주탐방일우(一隅)

거대한 신라왕조
이 좁은 경주가 웬말인고!
이제 천년유적 답사해보니
넓고도 넓어 한양 못지 않네
여기저기 산재한 유적은
찬란했던 역사를 말해주네
바위를 떡 주무르듯
섬섬옥수로 다듬은
감미로운 미소는
금방이라도 나를 맞을 듯하니
그 옛날 예술 수준
놀랍고도 놀라워라
우뚝 솟은 저 봉우리 무덤인가 동산인가
천여 년 지켜온 무덤위엔
아름드리 나무가 옛 주인 지켜주네
남산골 여기저기엔
신라 장인의 솜씨 서려있고
반월성의 외로운 궁터엔
서슬퍼런 임금이 살았으리
거리의 화랑도 후예
그 자부심 대단하고
흘러나온 언어엔
천년 전의 말소리가 이어지듯하네

부여(扶餘)

찬란했던 백제의 도읍지
사비의 영화 간데없고
여기저기 흩어진 아픔
백마강에 흘러 보냈구나
가을바람에 낙엽지듯
아름다운 젊은 꽃들 잎새를 펄럭이며
지긋이 눈을 감고 낙화암을 날았으리
옛 영화 그리운 듯
꽃들의 영혼 추모하는 솔뫼(부소산)의 고란사
오늘도 백마강 굽어보며
한맺힌 역사를 회상한다
의자왕 계백장군 황산벌 가던 배는
유람선 되어 오늘도 유유히 부소산을 감싸고 도네
천년세월 아랑곳 않는 생생한 모습의 백제금동향로
찬란하고 섬세하구나
황성 옛터엔 달이 밝았는가
사비거리엔 인걸과 인심이 넘쳤는가
백제인은 말이 없고
구슬픈 역사는 흙속에서 잠들고 있네

계림(桂林)

죽순처럼 하늘가 우뚝 솟은 저것 산인가 봉우린가

치솟은 적벽들은 이강이 휘감아돌고

뭉게뭉게 피어오르는 안개 온 봉우리 품고있네

이강에 배를 띄우고 옛시인 발자취 따르니

그 옛날 선비들 멋 알겠노라

오가는 여객선은 피어나는 물안개로 갖은 흥취 더해주고

우뚝 솟은 적벽 사이로 어미잃은 잔나비 어미 찾아 울부짖는 듯

양삭에서 불어오는 바람 귓가를 간질이네

하늘 밑 외로운 땅 누런 낑깡 무르익어

낯설은 이방인의 시장기를 달래주고

꿈에서 깨어난 듯 눈 앞에 펼쳐진 이강의 화려한 수상쇼는

토착민의 옛모습 보듯 아련하니

내리는 빗줄기도 이를 막지 못하네

계절 없이 피고 지는 이름 모를 꽃들은

사계절 눈을 즐겁게 하고

달나라 계수나무 옮겨 놓은 듯 황백색의 계수나무 꽃

거리의 자랑거리다

수천년 지켜온 흰수염 용나무는 금방이라도 용트림하듯 웅장하고

돌산들 이곳저곳 천공한 주장군의 활솜씨 중원 천지 호령할 만하네

산공산 아래 풍경은 숨을 멎게하고

유유히 흘러가는 이강(灘江)에는 옛 시인들 적벽가를 읊으며

배 띄우고 노 저으며 멋과 풍류 한껏 즐기며 이곳에다 몸을 맡겼으리

넘실대는 강위에는 강태공이 흰 바늘 검은 바늘 강에 던져

물고기 한 입 가득 낚으나 목에도 넘어지기 전에 가렴주구 신세되니
세상인심 사나운 것은 이곳이라고 다를 바 없네
온천지가 욕심으로 점철된 세상 근심걱정
이곳 계림의 수많은 봉우리(36,000개) 바라보며 잠재우고 잊으리!

마곡사(麻谷寺)

산태극 수태극(山太極 水太極)
태화산 자락 삼밭 대웅보전
중층(重層)인 듯 단층(斷層)인 이곳에
사부대중(四部大衆) 구름같이 모였네
길섶에 널린 국수 뽑아
할인봉에 한 상 차려놓고
자장율사와 합석하니
지나가던 가을바람 시샘하듯 차갑구나
천년 세월 잊은 듯 고즈넉한 경내는
붉은 단풍 애절하고
마르지 않고 돌아드는 계곡수는
이곳이 십승지임을 말하네
절앞 감나무엔
까치의 겨울양식 주렁주렁 달렸고
태화산 기슭 바위위엔
다람쥐 분주히 오간다
인생 미래 이미 정해진 일인데
쓸데없이 분주하기만 하는 이 몸
예서 몸과 마음 닦아 보노라

청계천

원래의 너의 이름은 맑은 계곡수
명당수(明堂水)가 온갖 희로애락의 비밀 안고
한양땅 경성땅 적신다
양반 서민 할 것 없이 천변을 거닐며
희망과 절망을 곱씹어 보았으리
똑딱똑딱 아낙네의 빨래소리 정겨웁고
아이들 멱감는 모습 아련하다
한때는 북촌과 남촌 나누는 경계가 되었고
근대 문명과 민족 차별의 온상도 되었었지
너무나 팽창한 도시화로
명경지수가 하수로 변하니
모든 오물 받아들이는 구정물천이 되었었지
한때는 덮개로 길이 되어
아무도 볼 수 없는 암흑천도 되었었지
이제 다시 시민의 품으로 돌아오니
피리 송사리 배를 반짝이며 노니는
원래 모습 찾았구나
앞으로 숱한 역사 간직한 채
영원히 맑게 유유히 흘러가겠지

숲

생기있는 나무가 있는가 하면
죽은 고목도 있고
키큰 나무가 있는가 하면
바람에도 일렁이는 풀도 있다
잎이 넓은 나무가 있는가 하면
침엽수처럼 잎이 좁은 나무도 있다
굽은 나무도 있고 대나무처럼 곧은 나무도
있는가 하면 소나무처럼 사철
푸른 나무도 있고
가을이 되면 잎이 다하는 나무도 있다
이처럼
서로 함께 어울려
평화롭게 살아가는 것이 숲이다

봄바람 (七言律詩)

여보소 상춘객님
봄꽃만 좋아마소
봄바람 삐치면은
갈퀴로 할퀴리라

여보소 상춘객님
떨군 꽃 밟지마소
금년 봄 언약맺은
봄처녀 심술날라

여보소 상춘객님
어젯밤 봄바람에
수북히 쌓인 꽃이
꽃눈을 이루노니

여보소 상춘객님
심술로 파장돼도
지는 꽃 원망말고
가는 봄 잡지마소

대호(大虎)

그대 너무 강하고 용맹하여
자연의 신비되었고
그대 너무 신령스러워
악마들 총칼 표적되었지요
서슬퍼런 총칼든 악마들이여
너희들 원하는 게
대호의 영혼인가 가죽인가
고귀하고 신비스런 그대여
정의에겐 굽실해도
불의는 용서못하지요
지렁이도 밟으면 꿈틀한다는데
날뛰는 악마에게
사나운 발톱 세우니
악마들 오합지졸이네
힘세고 강한 그대는 정녕
민족의 영혼이고 겨레의 지킴이지요

새에게도 영혼이 있다

자락길 언덕배기
힘들게 오르는데
길위 앙상한 가지에서
느닷없이 떨어지는 변세례
백발백중 조준사격이다
분명 새에게도 영혼이 있는 것
하필 그때 그 장소에
내가 있었는지 그 놈이 먼저였는지
의아하여 하늘 쳐다보니
명석하기 짝이없는 새(까치) 한 마리
자기영역 침범한 죄의 대가 받으라는 듯
나를 실컷 놀려먹고
홀연히 날아간다
나는 어느덧 멍한 바보가 된다

산청기행(한방Expo) (山淸紀行) (韓方엑스포)

산은 푸르르고 물은 맑으니
그 이름 장하도다
인파를 뚫고 왕산(王山)에 오르니
하얀 구름 내려 앉은 듯
길가 흰 구절초가 반갑게 맞는다
푸른 송림 사이로 난 둘레길을
유의태 허준 선생과 걸으니
풀숲 벌레들이 시샘하며 울어댄다
비 그친 필봉엔 흰구름 피어오르고
세월 잃은 매미가 구슬피 운다
돌로 쌓은 왕릉에는
지난 세월 그리워하며 구형왕이 잠드시고
수많은 민초들의 고통 치유한
유의태 약수터엔 정적만이 흐른다
옥같이 맑은 약수를 한 바가지 마시니
온 몸에 정기와 힘이 솟는다
인심좋고 물좋고 공기좋은 산천
나라의 보배로구나

* 구형왕(仇衡王) : 가락국 제10대 왕(재위 521~532)

와이토모 동굴

하늘엔 별들이 수놓은 듯 반짝이고
땅위엔 강물이 잔잔히 흐른다
강기슭엔 인간과 동물
정답게 공존하며 수억 겁 살아왔네
앞으로도 이 평화 한없이 이어가고
새로운 신천지는 계속되리
크나큰 이 우주속에
또 다른 작은 우주 있네
그 옛날 몽고반점의 마오리가 살던 곳

* 와이토모 동굴(Waitomo Caves) : 뉴질랜드 북섬 와이카토 지방의 관광명소

광명동굴

작열하는 태양 아래
만물은 쥐 죽은 듯한데
좀이 쑤시는 산사나이들
구름산 넘고 또 가학산 넘으니
광명땅 드넓게 펼쳐지네
흐르는 뜨거운 물 주체할 수 없어
연신 닦고 또 닦으니
고마운 산바람도 아는지 모르는지
갑자기 나타난 광명동굴
등골이 오싹하니 여기 여름속 겨울맞네
황금과 피서 찾아 떠난 그대들
여름 속 겨울맛은 어떤가요
그 많던 황금은 어디가고
피와 땀과 한이 서린
광명의 보물 되었는가

* 광명동굴 (1912~1972) 평균 12℃

248

바이칼호

이름모를 하늘 아래
드넓게 펼쳐진 저건 분명 바다려니
끝없는 자작나무 숲 사이로
빠끔히 모습 드러낸 뱀 같은 오솔길
누군가 걸었을 발자취따라
짧은 여름 즐기려는 이름모를 야생화의
피눈물 나는 사연 있으리
유형의 동토 여기에
고국의 향수 달래던 선조들의
한맺힌 역사가 서려있고
호수의 외로운 아론섬
여기가 한민족의 발상지라네
아무도 밟지 않으려던 땅
그래도 거기에는 깊은 역사와
존엄 있었겠지
덜그럭 덜그럭 밤낮없이 달리는
시베리아 횡단철도
바이칼호의 위용을 시샘하듯
서으로 서으로 쉼없이 달리고 있네

춘천장(春川場)

창밖의 풍경은 이미 봄이다
왼쪽의 들판 아지랑이 아른거리고
오른쪽 푸른 강 물안개 피어오른다
산천은 의구한데
반세기만에 상전벽해 되었구나
상다리 빼고 다 먹는다는 중국음식처럼
춘천의 5일장 없는 것이 없더라
향기로운 봄나물에 오랜 역사 지닌 고물까지
각종 전(廛)은 풍성하다
꽃이 벌나비 불러 모으듯
끝없이 늘어선 긴 시장은
사방 각지 모인 인파로 문전성시다
나의 발길은 어느덧 선술집에 머무니
막걸리에 닭갈비 안주 옛 정치 맛보노라
모든 것 다 변해도 풍성한 인심 변함없구나

단풍

누가 몰래 불 질렀나
이 산에도 불
저 산에도 불
경쟁하듯 이글거린다
답답한 마음 간직한 그대
이산 저산 불구경하지만
저산 다 타면 어찌할 셈인고
그러나 그대
너무 애달파 마시라
어차피 저 불 사그라 들면
서글피 한줌 재가 되어
뭇 생명의 밑거름이 되리라

있는 그대로(無爲自然)

그대 왜 부러 그림을 그리려 하는가
누가 시키지 않아도 계절따라 옷을 갈아입는
저 아름다운 자연이 바로 한 폭의 그림이 아니던가
그대 왜 부러 노래 부르는가
철따라 지저귀는 새들의 아름다운 목소리가
그대로 우리의 기분을 북돋아주는 노래가 아니던가
그대 왜 부러 시를 쓰려 하는가
저 남쪽에서 봄을 알리는 남풍이
저 땅속에서 송긋송긋 솟는 새싹이 바로 시가 아니던가
그대 왜 힘들게 붓을 들어 시를 쓰고
그림을 그리며 입을 벌려 노래하려 하는가
그대 꼭 그림을 그리고 싶다면
흘러가는 물소리와
꽃을 찾아 모여드는 벌들의 윙윙거리는 소리 그려보라
그대 꼭 노래하고 시를 쓰고 싶다면
새들의 지저귀는 소리
바람에 일렁이는 파도소리 흉내낼 수만 있어도
그대는 정령
훌륭한 화가이고 시인이며 가수이리
만약 그렇지 못하다면
그대 자연을 있는 그대로 두고
즐기고 느끼고 사랑하라

대마도(對馬島)

부산에서 뱃길로 100여 리
대한해협 바람을 타고
솔개가 유유히 산위를 날 뿐
보이는 것이라곤
바다와 산과 하늘뿐
해안마다 난 좁은 길엔 인적 드물고
장난감 같은 자동차만 정적을 깬다
한국 전망대에 오르니
조국이 손에 잡힐 듯하고
매서운 바닷바람
늦게 찾아온 길손에 심술부린다
여기저기 우리의 얼이 새겨진 유적지엔
옛 선조들 향취 아련하고
발길마다 이는 바람
고향 그리워 우는 듯하다

봄가뭄

그대 기다림의 고통을 겪어보았는가
저 산속에서 목말라 울부짖으며
그대 기다리는 새들의 울음소리 들어보았는가
메마른 가지가 바람에 흔들리며
그대에게 손짓하는 애절함을 알기나하는가
그런 그대가 어젯밤 아무도 몰래
슬그머니 왔다가 소리없이 갔더라
아무리 귀한 것은 찾기 어렵고
천한 것은 발에 밟히듯 많다지만
그대는 정령 그렇게 귀한 몸이던가
호수나 강에 있어야 할 그대가
새가 되어 하늘로 날아가고
그 자리엔 거북이들만 우글거린다
죄많은 인간들 죄 씻으려
기우재 지내고 기도해 보지만
기다리는 그대 발길 옛날 같지 않구려
그래도 그게 어디냐는듯
오랜만의 그대 축복에
온 대지 조촐한 봄잔치 벌리네

봄이 오는 소리

봄아!
너는 몸에 꿀을 발랐는가 아니면
아메리칸 드림처럼
몸에 금을 둘렀는가
아름다운 꽃과 향기 찾아
뭇인간들 모여들고 벌나비 찾아들듯
너가 오면 온생명 우후죽순처럼 찾아든다
그런 너는 정령 양귀비인가
온백성이 우러르는 성인군자인가
간혹 살바람과 꽃샘추위가 너를 시샘하지만
그것도 잠깐
노루꼬리해 잘라먹고
힘차게 성큼성큼 다가오는 너를
누가 막을 수 있단 말이냐
그저 걱정스러운 것은
저 변덕스런 지구 환경이
너를 잡아 먹을까 두렵구나

회고(懷古)

흰구름 노닐다가는 백운지(白雲池)앞으로
옥같은 낙동강이 유유히 흐르고
강밑 모래위로 은어 피리
은빛배를 반짝이며 노는구나
강기슭 긍구당 맞은편
깍아지른 듯한 기암절벽 사이로
낙락장송 휘휘 늘어지고
검은 절벽 학소대 위엔
먹황새 한쌍이 둥지를 틀고
유유히 날개짓하며 창공을 난다
옛 성현이 거닐던 예던길 사이로
솔바람 스산히 불고
옛 선비들 글 읽는 소리
아직도 메아리 치듯하다
이제 성현들은 자취만 남기고
먹황새마저 떠난 명승지엔
무거운 정적만이 깔렸네

* 성현 : 농암 이현보, 퇴계 이황, 김생
* 긍구당 : 농암종택과 분강서원 아래 위치한 별당

물안개

모락모락 연기처럼
여인의 부드러운 웃음처럼
피어오르는 물안개여
그대는 어디를 그리 바삐 가느뇨
이미 떠난 먼 여행
두렵기도 하겠지만
목적지는 정했는가
마음이사
아름답고 부유한 곳 가고 싶겠지만
그대 제발 오기부리지 말고
정말로 필요한 곳 가주오
어느 곳은 너무 많아
배터지는 곳 있는가 하면
어느 곳은 빈한하여
굶는 곳도 있다오
가는 것은 그대 자유이나
인간의 삶 부자유스러우니
그대 제발 선처바라오

가을볕

섬진강 모래밭엔 가을볕 내려앉고
푸르고 맑은 강엔 잔잔한 물결인다
감 익고 밤 익는 마실 접어드니
뚝 투다닥 감 밤 떨어지는 소리 요란하여
갈 길 바쁜 나그네를 유혹한다
알토란 같은 밤알보고
지나치는 성인이시여
주머니 한가득 채워도 자꾸자꾸 허리굽히는
소인배 꾸짖지 마소서
여기저기 오곡백과 익는 소리 여유롭고
발밑 숲길에는
산적도사 놀라 도망간다
산기슭 여기저기엔
멧돼지 흔적 선연하여
겁많은 길손 머리 쭈뼛하게 한다
형제봉 능선엔
금방이라도 곰이 나타날 듯하여
괜스레 잠자는 산 깨운다
봄볕은 며느리 쬐이고
가을볕은 딸을 쬐인다는 말
과히 명불허전(名不虛傳) 아니던가

* 산적도사 : 작가가 지은 뱀의 신조어

길 위의 낙엽

너는 어찌 길에 떨어져
숲속에 어울리지 못하는가
바람에 휘날려도
발에 밟혀 부서져도
괜찮단 말이더냐
산 속 안가에 떨어진 자
편안하게 자리보전하는데
너는 어찌 쓸쓸히 포대기에 쌓여
한 줌의 재가 되려하는가

텃세(勢)

백솔(柏松)밭에 자리잡고
큰 댓자로 누우니
솔바람 산들산들
콧등을 간질이고
푸른 하늘 흰구름은
나몰라라 흘러가네
큰 바람도 없는데
난데없는 날벼락에
숨 멎을 뻔 헐레벌떡…
먼저 와서 둥기난 집
자네들이 침범했으니
어서 빨리 나가라는 듯
사정없이 방울 떨군다
자리 걷어 쉼터 옮기니
입이 찢어질 듯 한가득 물고는
바삐바삐 실어 나른다
우리는 열심히 겨울준비 하는데
빈들빈들 잠만 자는 놈팽이
따가운 눈총 받으란다

주벗(酒友)

천길 낭떠러지 위에
조그마한 정자 하나
사방 보이는 것이
만경(晚景) 만산(滿山)이라
석반(石盤) 옥잔(玉盞)에
두견주 그득 부으니
잔 속 달님이
일렁일렁 추파를 던지네
만취하여 적벽부 읊으니
지나가는 솔바람이
합석하자 하는구나
올때는 독배(獨盃)였는데
어느덧 잔(盞)이 셋이라

구름 · II

갈 길 잃어 헤매는 저 구름
오늘 중 길 찾을 수 있을까
오늘 못 찾으면
내일은 또 어디로 갈 건가
저 하늘 모두 너의 길이고 너의 집인데
무슨 걱정이 있을손가
슬플 때는 한 없이 눈물 흘려
메마른 마을 적시고
기쁠 때는 어제 담근 독안의 된장
익는 소리 즐거워
저 산 넘어로 슬쩍 넘어가 주네
슬프고 기쁜 것이 어디 너뿐이겠나
너는 언제든지 변하는 요술쟁이
아무 재주도 없는 나는
어찌하란 말이냐

봄미련

싱큼 상큼한
초록빛 숲을 걸으니
무거웠던 발걸음
하늘나는 듯하고
풍겨오는 풋풋한 풀내음과 꽃향기
찌든 몸 취하게 한다
한 없이 이르기 만(至) 하려 하지 말고
이만치에서 그칠(止) 줄도 알아야 하는 법
나 너를 보내려는 마음 아리지만
봄잔치 상춘객들마저
눈물 보일까 두렵구나

서달산 DMZ

서달산 둘레길따라
철길 같은 철책선엔
DMZ 연상케하는
방화길이 펼쳐져 있다
철담따라 철뚝싸리
옛 고향 철길가의 향수 불러오고
그 안에는 이름 모를 꽃들이
철따라 피고지고
어디서 왔는지 모를 새들과
들짐승 목놓아 운다
시민들의 숲이 된
Dream Making Zone엔
맑은 공기와 고운 향기 풍기는데
저위의 Demilitarized Zone 엔
언제나 봄이 올런지
같은 DMZ라도
서로 지향하는 바가
하늘과 땅 차이구나

* 철뚝싸리 : 족제비싸리

지화자 흑석골

봄 여름 가을 겨울
4계절 금수강산
봄에는 꽃피고 여름에는 모깃불 피우며
가을에는 단풍들고 겨울에는 썰매타네
오호라! 지상낙원에도
백규지점(白圭之玷) 있다네
엄동설한 견디어도
삼복더위는 못참겠네
작열하는 태양은
검은 정수리 찌르고
열대야에 극성모기 온몸이 만신창이
하느님 보우하사
검은 돌골 여기다가 시원잔치 벌렸네
댓자리 깔고 누우니
시원한 산들바람 어깨를 간질이고
가는 여름 아쉬운 듯 매미소리 시원하다
남쪽 사람 눈구경 못하듯
열대야는 웬말이고 폭염경보 금시초문이네
겨울 따뜻하고 여름 시원하니
지화자흑석골이네!

구름

산자락에 걸린 저 구름아
너는 흘러 어디로 가느냐
바삐 움직이는 인간들이야
목적지 향해 허둥대지만
유유히 떠가는 너는
갈 곳이 따로 있더냐
슬프면 눈물흘려 메마른 땅 적시고
기쁘면 바람에 하늘하늘 춤추지
국경도 수륙(水陸)도 없이
너는 어디든지 흘러가는데
굴레에 갇힌 이 몸은
오도가도 못하누나

구름 · III

어린 새싹의 바람
언감생심(焉敢生心)이었다
하늘가 흘러가는 구름잡아
손꼽장난 치려하나
어깨 멘 사진기가 너무 크고 비싸더라
한국(韓國)미국(美國) 양과 황소
하늘 높이 그려진 모양 찍고 싶었다
강하기는 미국과 황소 같고
순하기는 한국과 양 같기를…
흩어졌다 모이고 모였다 흩어지는
신기하고 아름다운 저 구름아!
내 이제 다른 길 걸었으니
친할 수가 없겠네
홀로 외로이 흘러 흘러
너의 조국 너의 가족 곁으로 가거라

매미소리

가뭄에 소식없어
애태우던 매미소리
태풍 뒤 단비에
골짜기마다 그득하다
오래도록 간직한 꿈
짧은 생애 놓칠새라
아우성에 눈물바다 이룬다
저음부에서 고음부로
누가 저리 가르쳤던고
고액과외 온갖 지성
아등바등 해보지만
저러한 청량한 소리
누가 낼 수 있을손가

철창 속의 새

철창에 갇힌 가엾은 새야
저 푸른 창공 날고파
구슬피 울지 말거라
속세의 노리갯감으로
날개는 힘이 없고
목소리조차 거칠어도
너의 가는 길 누가 알겠느냐
저 푸른 창공에서
벌레 잡고 노래하며
비상하는 저 새야
솔개가 너를 위협하니
너무 자랑 말거라
세상사 음지가 양지되고
바다가 육지되듯
기약없는 훗날을 뉘 어찌 알겠는가

동반자

너는 어찌하여 설국열차 뒷칸 탔느냐
산기슭 고즈넉한 곳에 큰 검은 바위 하나
그 밑에 뿌리 내린 애처로운 나무 한 그루
바위가 배를 내밀면 따라서 배를 불리고
배를 홀쭉이면 따라서 홀쭉인다
꾸불꾸불하게 자란 것이 산도사 지팡이 같다
새끼가 어미 닮고 부부도 오래 살면 닮듯이
이렇게 인고의 세월 같이한 이들
지지고 볶는 인간들보다 더 정겹게 살아간다

길

책보따리 걸쳐 메고
달음질쳐 다니던 길
멀기도 하더라
길가의 꽃과 나비 벗삼고
새소리 바람소리 벗삼으며 걷고 또 걸었었지
성인이 되고서 그 길 회상하며 다시 걸으니
그 때의 그 풍경은 어디 가고
짧은 길 곱씹으며 걸으니 추억만 그득하다
이제 칠순이 되어 그 때 그 추억 삼키며
그 길 또 걸으니 옛처럼 다시 멀어지네
같은 길인데 세월 두고 길고 짧음이
이다지도 다르구나

돌위의 生

돌위에 어렵게 자리잡은 生
마치 사막위에 애처롭게 핀
한떨기 꽃 같고
망망대해에 홀로 솟은
바위섬 같네
하고 많은 좋은 곳 마다하고
딱딱한 곳
모진 삶 웬말이냐
그러나
그만한 이유가 있었구나
바위를 뚫고 뿌리 내리는
강인한 너의 힘
다 거기에 자리잡은 때문이지

봄이 오는 길목

사뿐사뿐 봄이 걸어오는 소리
성큼성큼 봄이 다가오는 모습
정다운 오누이 같네
북에서 오는 봄은
얼음 깨지는 소리와 같이 오고
남에서 오는 봄은
보슬보슬 봄비와 더불어 온다
땅 속에서 오는 봄은
겨우내 움추렸던 몸과 마음
눈 녹이듯 살포시 온다.
어느 쪽 어느 곳 어떤 모습으로 오든
봄은 무위자연(無爲自然)이 아니던가
어느덧 우리 곁에
훌쩍 꽃잔치 차려 놓았으니…

폭포

그대 무슨 사연이 있길래
그리 눈물 흘리는가
그대 무슨 괴로움이 있길래
그리도 고함치는가
쏟아져 내리는 그대 보면
옛 어린 시절
심술부리고 떼쓰던 때가 생각난다
가끔은 시원한 물보라를 날리며
몸과 마음을 상쾌하게 하지만
때로는 무서운 물폭탄이 되어
뭇인간들을 놀라게도 하지
그래도 한결 같은 그대 내가 좋아 찾아든다
시시콜콜 시샘하며
시시때때 변하는 갈대마음
자꾸자꾸 올라만 가려는 세상 욕심
아래로 아래로 내려만 가려는 그대는
어찌 그리 겸손한가

외로운 소나무

비탈길 황폐한 산자락에
외로운 소나무 한 그루
북풍한설에도 꿋꿋하게 자리지켜 왔는데
이젠 약해진 뿌리와 줄기로는 견디기 힘든 듯
두 팔 떨어지듯
아까운 가지 하나 둘 내쳐버린다.
척박한 땅에서도 모진 풍파 이겨내며 지켜온 세월
앙상한 가지와 뿌리에는 상처뿐인 삶만 애처롭다
떠나는 가지 보며
아픈 가슴 부여잡고 통곡하듯
가벼운 바람에도 하늘하늘 춤을 춘다
가끔은 하늘에서 부슬부슬 단비내려
메마른 가지와 뿌리 적셔주지만
시들어가는 처지를 어찌 막을손가
그래도 참고 또 참아온 모진 세월 거울 삼아
희망의 복고를 꿈꾸고 있네

봄의 전령사

동장군(冬將軍)과 봄의 전령사(傳令使)
한바탕 난타전이다
동장군 한마디
그래도 나는 별을 단 장군인데
전령사가 감히 나를 하며 불만이다
화가 난 전령사가 맞받아친다
장군도 전령사가 소식 전하지 않으면
기름없는 자동차가 아닌가요?
전령사의 강력한 업퍼컷에 동장군 그로기 상태다
의기양양하여 어깨가 으쓱해진 봄의 전령사 한 마디
내 앞에는 아무리 큰 바위나 산도
아무리 방대한 얼음과 눈도
아무리 큰 우주도
내가 가는 길을 막을 수 없지요

귀뚜라미 합창

귀뚜라미 합창에 잠못 이루는 밤이여!
창가에서 들려오는 저 소리는
가을을 알리는 계절의 소리인가
애틋한 사랑을 호소하는 세레나데인가
아니면
무섭게 다가오는 동장군을 걱정하는 소리인가
흘러가는 물처럼 쉼없이 울어댄다
-저녁부터 새벽까지-
만물이 잠든 고요한 밤에
人生 귀뚜라미와 自然 귀뚜라미가 合唱을 하니
멍한 빈 머리로 천장을 쳐다보며
지난 세월 곱씹어본다
말 실수로 상대를 화나게 하지 않았는지
허튼 행동으로 남을 괴롭히지는 않았는지
人生의 가을에서 귀뚜라미는
유수(流水) 같은 세월을 아쉬워하듯 울어댄다

까치집

현충원 둘레길을 걷고 있는데
머리위로 나뭇가지 뚝뚝 떨어진다
바람에 떨어지나 고개 들어 쳐다보니
높디높은 은행나무 가지사이에
아슬아슬하게 집을 짓고 있는 까치
주위의 나뭇가지 연신 물어 나르는데
떨어지는 것이 더 많다
그래도 포기하지 않고 매일매일 지어간다
욕심많은 인간들이 높이높이 집 짓듯이
까치집도 옛날보단 점점 높이 올라간다
사람들이 높이 짓는 것은 값이 비싼 탓이지만
새들의 집짓기는 천적을 피함이니
그 지향하는 바는 천지차이이다
인간의 탐욕으로 건축재료도 귀해지고
집터도 구하기 어려워 전봇대에 철사로 집을
짓는 일도 있어 가끔은 정전을 일으키지만
이 모든 게 인간의 업보이니 누구를 탓하겠는가
좋은 도구 이용하는 인간보다 오직 부리만
사용하는 까치야말로 건축가 중의 건축가이다

뉴질랜드 섬

잔잔하고 푸르른 남태평양
조그마한 섬 하나 평화롭다
푸른 산과 들엔 양과 소가 풀을 뜯고
잔잔한 바다엔 돌고래가 춤을 춘다
땅 이곳 저곳엔 흰 연기 솟아오르고
여기저기 유황냄새 코를 찌른다
우거진 푸른 숲 속엔 홍목(紅木)이 하늘을 찌르고
수억 겁을 이어온 고사리 숲엔 공룡들이 꿈틀댄다
맑은 물과 깨끗한 공기는 허파를 즐겁게 하고
부드럽고 고소한 고기맛은 혀끝을 즐겁게 한다
끝없이 펼쳐진 초원에는 인적은 간 데 없고
풀을 뜯는 양과 마소들이 지상낙원 꿈꾸고 있네

까치집 · II

단독집에 살던 까치
10층 APT로 이사 갔네
도둑이 들끓고 집이 낡아
헌집 팔고 새집 이사 갔네
아침 일찍 일어나 창문 열고
반갑게 아침인사 하니
오늘따라 반가운 귀인 오겠네
이제 높은 곳으로 이사 갔으니
도둑 들 일 없고 천적 만날 일 없겠네
까치야! 이제 안심하거라
어느 누구도 근접 못하리
인간을 제외하고는…
거기서 2세 낳아 오순도순 살거라

상처난 소나무

산길 모퉁이에 외로운 소나무 한 그루
오가는 등산객을 반갑게 맞이한다
수많은 인파가 잡고 긁고 밟고 지나간다
온몸이 만신창이이고 뿌리는 붉은 상처투성이다
인간이 이정도였으면 큰일나지 않았겠나
어제도 오늘도 끈기있게 버티어
오가는 등산객을 불평없이 맞이한다
더 이상 밟지 말거라
말 못한다고 오기마저 없겠는가

리틀 DMZ(Little DMZ)

리틀 DMZ(Dream Making Zone) 사이로
철따라 꽃이 피고지고
계절따라 동식물 공존(共存)한다
매일같이 그 둘레길 걸어도
누구 하나 방해없이 평화롭다
오직 같이 걷는 사람뿐
큰 DMZ, 작은 DMZ, 같은 DMZ인데
그 길 오가는 사람 다르네
우공께서 어서 빨리 리틀 DMZ를
큰 DMZ로 옮겨주소서
그리하여
남북이 하루 빨리
하나가 되게 해 주소서

별

저 하늘에 반짝이는 별이 빤히 내려다보고 있습니다
반짝이는 눈으로
우리가 저 많은 별들을 올려보고 있듯이
마치 이 지구에
또 다른 무엇이 살고 있는지 궁금하여
밤마다 반짝반짝 빛나는 두 눈으로
내려다 보고 있습니다
어둠이 짙어지면 그대가 빛나듯이
우리도 더욱 빛난다오
그러나 달이 시샘하거나
그대가 가장 싫어하는 새벽이 오면
그대는 수줍어 슬그머니 몸을 감추지요
그러나 그대 너무 상심마오
새벽이 가면 저녁이 올 것이고
또 다른 어둠도 오지요
구름이 훼방만 않는다면…

춘설(春雪)

가는 冬장군의 마지막 발악인지
오는 봄 시샘하는 꽃샘추위의 장난인지
간밤에 내린 춘설이 솔가지마다 그득하고
골짜기마다 눈 녹은 물이 봄노래를 선사한다
춘풍에 춘설이 민들레꽃 바람에 날리듯
봄볕에 은빛나래 펄럭이며
일부는 하늘 높이 온 산을 휘젓고
일부는 적막한 산사의 지붕위로
가창오리 운무하듯 살포시 춤추며 내려앉는다
얼굴에 스친 눈가루는 솜을 댄 듯 부드럽고 포근하다
두 계절 맛보는 정취(情趣)야 좋다마는
마지막 눈이려니 생각하니
속절없이 흘러가는 세월에
아쉬움만 그득하다

자작나무

흰눈위로 하얀 색칠한 것처럼
흰살 드러내며 매서운 추위를 즐기는
늠름한 모습이 백의(白衣)민족의
기상을 닮았다
검고 푸르고 누런 색에 섞여도
군계일학(群鷄一鶴)처럼 우뚝선 자작
그러나 우쭐하지 않고
기개있게 겸손히 살아간다
황(黃) 백(白) 흑(黑)의 서로 다른 피부를
타고난 이웃과 서로의 우월을 주장할 만한데
조화롭고 평화롭게 살아가는 자연속의 그들은
언제나 한결같은 이웃이다

안개

산에는 산안개가 몽실몽실
물에는 물안개가 아롱아롱
위대한 자연의 요술
연약한 인간들 농락한다
기쁠 때는 새악시 얼굴 모습
화날 때는 험악한 들짐승 모습
하늘을 덮고 땅을 덮고
해를 덮고 달을 덮으니
너의 위대함 놀랍기도 하다
가끔은 비행기도 배도 뜨지 못하게
발을 묶어 놓기도
때론 검은 비를 때론 더러운 오물을
동반하여 인간을 괴롭히기도
그러나 저 산과 들에 몽실몽실 피어오르는
흰 구름이 너의 참모습 아니더냐

성취

송곳같이 삐쭉 솟은 바위가
낯선 이방인을 경계하고
칼날 같은 길섶 억세풀은
금방이라도 살을 벨 듯하다
삭풍에 호숫물결은
무섭게 세상을 삼킬 듯하고
머리위를 짓누르는 검은 구름은
언제라도 천지를 적실 듯하다
그러나
행복은 인고 끝에 얻어지는 것
어찌 힘들다고 중단할 소냐
이 모든 걸 헤쳐 정상에 오르니
사방은 가슴을 확 트이게 하고
세상 모든 것이 내 손 안에 있는 듯하다

먹구름

구름이 몰려온다
짙은 먹구름이 온 하늘을 뒤덮는다
간간이 하늬바람도 분다
그렇게도 맑고 밝던 하늘이
그렇게도 맹렬하게 비추던 햇빛도
먹구름 앞에선 넋을 놓는다
배가 가라앉듯
마음이 우울하고 착- 가라앉는다
맑은 날이 있으면 흐린 날이 있고
비오는 날이 있는 법
참고 기다리면 저- 먹구름도 비가 되어 사라지고
하늘이 뚫리고
그 사이로 밝은 태양이 비추리
구름아! 어서 물러가거라
나는 맑고 푸른 하늘이 그립다

교감(交感)

예쁘게 치장한 장끼가
잔솔밭을 기어가다
낯선 길손 만나 빤히 쳐다본다
하도 귀엽고 반가워서
이리 오너라, 이리 와봐, 같이 놀자
내 너를 안고 귀엽게 쓰다듬고 싶다
인간이 악하여 믿지 못하겠지만
나는 정말 괜찮단다
너를 쓰다듬고 귀엽게 살 비비다
너 가고 싶을 때 놓아줄게
그러나 내가 움직이니
저도 쏜살같이 가버린다
안타깝구나! 어찌 내 마음을
저리도 모르는가
언제쯤이나 인간과 정다운 마음
주고 받을꼬

복수초(福壽草)

복수야 잠 깼느냐!
조용조용 일어나거라!
심술궂은 눈(雪) 놀라 자빠질라!
봄의 전령사 노란 복수초가
잔설 뚫고 힘차게 용솟음친다
복스럽고 귀여운 것이
힘은 어찌 그리 세더냐
뜨거운 온기로 언 땅과 두터운 눈
뚫는 너의 괴력
작은 고추가 맵다는 말 맞더라
일찍 일어난 새가
더 맛있고 많은 먹이 자지하듯
누구보다 일찍 피어
벌나비 불러모아 봄잔치 벌이는구나
둘 부부 언제나 한방에서 사랑노래 부르니
누구보다 자식농사 일찍 짓누나
짧은 인생이기는 하나
화끈하게 살다 깊은 휴식에 드는 너야말로
봄꽃 중에 최고로구나

나무 수국

복스럽고 탐스러우며
끈기있고 귀하기는
너를 따를 자 없구나
복스럽기는 참수국 같고
귀한 것은 보물 같아
정원수론 최고로고
백일홍 백일 간다하나
예비 신부 숨김 탓이리
여름에 핀 꽃이 가을까지 가고
흰 듯 붉은 듯 신비스런 모습
겨울까지 달려가네
보면 시원스럽고 만지면 탐스런 것이
부잣집 맏며느리 같네
너가 핀 지 오뉴월 한더위였는데
흰눈 내리고 찬바람 부는 언덕에
어제도 오늘도 방긋이 길손 맞네

장미

파랗고 노랗고 희고 붉은
황진사댁 4자매 얼굴자랑 대단하다
예쁜 목 휘어 잡고 뽀뽀하고 향기 맡으려 하니
앙칼진 가시손톱으로 사정없이 할퀸다
분한 마음 억제 못해 노려보고 있노라니
봄바람에 살랑살랑 더욱 더 추파 던진다
내 이쁜 얼굴 보기만 하랬지
누가 손대라 했느냐며 더욱 앙칼 부린다
한 번 더 만지며는 성희롱으로 고발할 태세다
얼굴이 예쁘게 태어난 그대들이 잘못이지
이를 탐내는 人間이 잘못인가

꽃과 춤

꽃이 춤을 추며 떨어진다
강풍에는 디스코
미풍에는 강강수월래
평상에는 부르스
비올 때는 꽃춤
집안 편안할 땐 덩실춤
나라 평화로울 땐 더덩실춤
얼씨구! 좋다 좋구나!
더덩실 꽃과 춤을 추자꾸나!

봄 바보

누가 봄을 그리 좋다 했던가!
어느 바보가 봄을 그렇게 기다려진다고 했던가!
봄이 오면 한살 또 먹는다는 걸 그리 모른단말인가!
누가 그렇게 봄을 그리워하는가!
그대는 왜 그리 바보인가!
꽃 피고 새 우는 화사한 봄이 그렇게 좋던가!
눈가엔 깊은 주름 늘고 머리엔 흰머리가
하나 둘 늘어가는 것을 슬퍼하지 않는가!
그래도 그대 봄이 그리 좋다면
마음껏 봄을 기다려 보게나
그러나 나는 이 겨울 감을
너무 아쉬워 하리라!

유채꽃 축제

한강 서래섬에 유채꽃이 만발하다
노랗다 못해 샛노랗다
모진 풍파 이겨내니 그지없이 아름답다
뭇나비 벌들이 꽃찾아 분주하다
어린이날 어린이는 간 데 없고
사진사만 바삐 오간다
노란 유채꽃 사이로 사뿐히 걸으니
쪽빛바다 같은 넓은 한강위에
한 줄기 떠있는 배위 정원 같다
매년 열리는 유채꽃 축제지만
금년의 유채는 더욱 좋은 빛깔이다

꽃눈

어제밤 봄바람에
꽃눈이 수북 쌓였네!
반포천 벚꽃길에 꽃눈이 내린다
한겨울 함박눈처럼
봄바람에 한들한들 춤추며 내린다
앞에 가는 여인의 머리에도
뒤따르는 이 내 머리에도
꽃눈은 하늘하늘 춤추며 내린다
한 겨울 눈보라면
종종걸음 치겠지만
꽃눈 내리는 반포천 벚꽃터널
부러 걸음 늦추네!

벚꽃

타오르는 불길처럼
화끈하게 왔다가
바람결에 흩날리는 꽃비 뿌리며
홀연히 떠나는 그대
낮에는 송이송이 개구리알 뿌려놓은 듯
만지면 터질 것만 같아라
어두운 밤이면 형광등 불빛처럼 청초하고
밝은 달밤이면 수줍은 여인네 모습이네
반포천따라 길게 늘어선 벚꽃터널 걸으면
화개의 벚꽃터널 못지않네
더도 말고 덜도 말고 지금만 같아라
더 이상 피지도 지지도 말고 요대로 있어다오

수국

뻐꾸기 구슬피 우는
내 고향 뒷동산엔
복스런 수국이 만발하여
내 마음 풍성하게 해주었다
부잣집 맏며느리마냥
탐스런 꽃송이를
정성스레 두 손으로 감싸보니
어머니의 보드라운 젖가슴일래라
반 세기 지난 세월
낯설은 타향 서달산엔
청초한 수국이 활짝 피어
그 옛날 고향 모습을
아련히 떠오르게 한다
향기와 아름다움으로
벌나비 유혹하는 꽃보다
봐도봐도 질리지 않는 수수한 자태는
삭막한 세상의 위안일래라

찔레

고사리 꺾던 아지매들
찔레는 왜 꺾나요!
지금의 간식은 과자부스러기지만
우리 어릴 적 간식은 찔레였다오
쑥쑥 자란 찔레를
가시 찔려가며 뚝뚝 잘라
껍질 벗기고 한 입 쓱싹 베어물면
달짝지근한 그 맛은 일품이었지
요즘 길을 걷다 먹고 싶은 마음에
몇 개 꺾어 먹어보지만
옛날 맛 같지 않으니 어인 일인가
찔레맛은 변함없는데
우리네 입맛이 변했으리라
쑥쑥 자라 예쁜 찔레꽃 피울텐데
어쩐지 꺾기가 몹시 미안하구나

목련 · II

그대의 화사한 자태
그대의 아름다운 미소
어느 날 홀연히 다가와
그토록 나를 홀려놓고
바람에 날리는 잎새처럼
홀연히 가버리니
그대는 정녕 꽃인가
잠시 앉았다 떠나는 나비인가
접시꽃보다 짧은 그대 生이
보기가 가엾구나

애기똥풀(꽃)

애기는 간 데 없고
애기똥만 가득하다
온 천지가 샛노랗다
기저귀 채워줄려고
손으로 툭 한 번 치니
애기에게 젖 주려는 듯
감황색 젖이 주르르 흐른다
애기는 어디 가고
똥만 그득할까
그 많던 똥개(황구)는
어디 갔는고!
똥개(황구)야 어서 와서
애기똥 먹어치워 버려라

박태기꽃

이름도 이상한 것이
가지마다 붉은 나비 불러모아
꽃잔치 벌이고 있네
정원에도 들에도
화려하게 뽐내더니
곁에 있던 홍매화 시샘하네
몽글몽글 연붉은 것이
저녁노을 못지 않네
향기는 없어도
나비마저 없을까
아기 엉덩이 밥풀때기
홍부 볼에 밥태기
도둑맞을까 두렵네

배꽃

梨花에 月白하고…
용문행 시골열차 차창밖으로
배꽃이 만발하다
흰눈이 덮힌 듯 하얀 솜이 내려앉은 듯
바람에 살랑살랑 귀엽게 춤을 추니
상춘객 봄바람날까 두렵네
매년 피는 꽃이지만
볼 때마다 새롭구나!

복사꽃

아차산 고구려정 오르는
큰 바윗길에
복사꽃이 만발하다
참복숭 개복숭
구별해서 무얼할꼬
너가 피면 어차피
무릉도원 아니더냐
매끈한 바위 위에
화사한 너의 자태
상춘객 심술부릴까 두렵네

라일락

달빛이 아련하게 빛나는 밤에
반포천 홀로 걸으니
어디서 코끝을 찌르는 향기가
잠시 걸음을 멈추게 하니
라일락 향기다!
꽃이 고우면 향기가 적고
향기가 좋으면 꽃이 볼품 없다던데
향기 좋고 보기 좋은 꽃은
너뿐인가 하여라!

밤(栗)

복스러워 손을 대니
앙칼스런 손톱으로
여지없이 할퀸다
아직은 설익은 모습 보일래라
수줍은 듯 고개 숙인다
어서 빨리 보고싶다는 태양은
사정없이 조르고 다람쥐들 바삐 움직이니
이제는 모든 것 체념한 듯
알알이 붉은 속살 드러낸다
지나가던 솔바람이 시샘하며
섬섬옥수 뒤흔들어
땅에다 투닥투닥 선물 내려보내니
뭇 길손 너무 좋아 콧노래를 부른다

月下美人

박꽃도 꽃이던가
뭇 사람들의 푸대접꾼
밝은 달빛 아래 청초하게
자태 자랑하는 너는
누가 못생긴 여인이라던가
天下一色 그 모습은
서시도 심술부리지
너를 기다림의 꽃이라 했던가
어려서는 양귀비 같은 아름다운 꽃
중년에는 맛있는 음식
노년에는 물을 담는
고마운 바가지 선물하지
둥실둥실 수수한 것이
달님이 먼저 찾네

매화나무

지리산 자락 촌소녀
부끄럼 없이 하얀 속살 드러내며
아름다운 꽃과 향을 피우기 위해
북풍한설 맨 몸으로
그렇게도 모진 겨울 이겨냈나 보다
꽃 중에 가장 먼저 뽐낸다는 봄처녀 설중매 그대
붉고 흰 젖가슴 살포시 드러내어
상춘객과 벌나비 불러 모으지
초록옷 갈아입고 몽실한 볼 자랑하는
여름아지매 하소연 한 마디 하려하네
나 아직 늙지 않았으니 함부로 깨물지 말라고
차디찬 겨울 이겨내야
아름다운 꽃과 향을 피우는 법
또다시 붉은 옷 갈아입는 가을할매
슬며시 겨울 준비하네

불두화(佛頭花)

계절의 여왕을 기다렸다는 듯
서달산 자락 불두화가 함박웃음 짓고
어디 갔다 이제 왔는지 꾀꼬리 울음 경쾌하다
그 옛날 고향집 앞마당에서 함박웃음 지으며
어린 내 마음을 울렁이게 했었지
산등성 여기 저기 핀 산딸과 팥배나무꽃이
부잣집 만며느리 같은 불두화와 합세하니
우리네 가슴에 뭉친 응어리가 눈녹듯 하다
계절은 여름을 향해 쉼없이 달려가지만
불두화! 내 사랑하는 불두화!
너만은 오래오래 내 곁에 두고 싶구나

아카시아꽃

새벽 창문을 여니
향긋한 꽃향기가
나의 코를 즐겁게 한다
나도 몰래 향기에 이끌려
뒷산에 오르니
온통 흰실로 수놓은 듯
새하얀 아카시아꽃
흐드러지게 피었다
길가던 아가씨 한 올 따서
귀에 걸고 코에 대니
이내 향기에 취해
기절할 듯 하단다
윙윙거리는 소리는
이명인 줄 알았는데
점점 가까이 다가가니
꽃을 찾는 벌들의 향연이다
이 몸도 아름다움에 취하고
향기에 취하니
이 정취 언제까지 갈까
뻐꾹새 울고 소쩍새 울면
이 봄도 저만치
떠날 준비 하겠지

밤꽃

뻐꾹새 구슬피 우니
봄은 저만치 달아났나 보다
적지도 많지도 않은 비가
메마른 대지를 적시니
푸르름은 더하고
훈풍에 코끝을 간지르는 풋풋한 꽃향기
처녀들 가슴 설레인다
땅이 그리워 실타래마냥
머리 숙인 밤꽃들은
봄꽃잔치 시샘하듯 여름잔치 벌이네
그 옛날 통통거리며 돌아가던
동네 물레방아 뒤에는
밤나무 거목 늘어섰고
동네 처녀 총각 놀이터가 되었지
꿈 속을 헤맨 지가 어언 반 세기
이젠 밝은 불빛 저 너머로
자동차 경적소리만 요란하네

칡꽃

새벽 길섶 어디선가
그윽한 향기 그득하여
고개들어 두리번
여기저기 살펴보니
등쌀에 못살겠다는
애처로운 수목들뿐
갸우뚱 이리저리
고개들어 쳐다보니
커다란 손바닥 밑
수줍은 듯 고개 숙인
청초한 연보랏빛 자태
코끝을 살짝 대니
은은한 꽃향기가
주린 코를 즐겁게 한다
매발톱 거친 삶에
소박맞고 살았는데
그처럼 어여쁜 여인
숨긴 줄 누가 알랴
모양 갖고 잣대 들이대는 풍토
부끄러워 고개들기 힘드네

목련 · Ⅲ

어제밤 내린 비로
창밖의 목련이
한껏 부풀어 올랐다
여명에 비친 모습이
마치 붓 같다
그 붓으로 아름답고 멋진
글씨 한번 써보고 싶다
'正義社會'라고
더 이상 피지 말거라
더 피어나면 붓이 아니라
꽃이 아니더냐

꽃잔치

꽃잔치 초대받았다
음식은 풍성하고
하객은 인산인해(人山人海)다
살포시 나리는 꽃비 맞으며
이 음식 저 음식 맛보니
왕후장상 부럽지 않네
기분 좋은 주인 모습
청초하고 소담스러우며
즐거운 손님 얼굴
밝고 화사하다
주인과 하객 어울려노니
어느덧 해는 뉘엿뉘엿
서산에 걸렸네
이 잔치 끝나고 나면
어느 잔치 참석할꼬

은행잎을 밟으며

가을의 뒤안길
형형색색 잎새들의 축하받으며
황금 양탄자 살포시 밟고
사뿐사뿐 걸으니
어느덧 아라비안 왕자되었네
꿈에도 그리던 희망가
가을바람 타고
여기 저기서 들려오는데
아직 끝나지 않은 잔치
양탄자 걷는 양반이 훼방놓네
심술궂은 노루꼬리 해는
황금양탄자위에
붉은 노을 토해내고
잎 떨어진 앙상한 은행나무
메마른 대지위에
긴 그림자 드리우네

개나리 회고

봄의 전령사 개나리 노랑웃음 짓지
개나리 봇짐 싸 상경한 지 꽤 오랜데
너 어이 해 아직 참나리 되지 못했나
참과 개가 무엇이 다르냐만
하도 흔해 푸대접 받는구나
그래도 초봄에 너 없으면 허전해
담벼락 실개천에서 희망을 선사하지
나 이제 백수되어 다시 개나리 봇짐 싸고
귀향(歸鄕)하려 해도 반겨줄 이 없다네
다만 고향 개나리만 기꺼이 환영하리
참사랑은 바로 그것, 귀한 데 있지 않아!
개나리 빈 시절 병아리 걸음으로
사회 초년병 겪고
황혼으로 터벅터벅 걸어간다네
개나리 지면 아마 내 인생의 봄도 지겠지

다산길을 걸으며
-다산 선생을 생각하며

천리길 외로운 곳에 조그만 초당 짓고
외로움 달래며 학문(學文)에 열중하시니
선생의 업적 후세에 빛나도다
선생이 아니었으면 수원성은 어찌 짓고
기중기(거중기)는 어찌 볼꼬!
고루한 국민정신 과학눈 뜨게 하시니
그 업적 길이 빛나도다
두물머리 양지 바른 곳에
예나 지금이나 나라 걱정 백성 걱정하시며
내려다보시니 마음 든든하여이다
이제 조성된 다신길을 걸으며
선생님을 그리워 하나이다

현충원의 꽃축제

천안 삼거리 휘휘 늘어진 능수버들…
지금껏 버들가지만 능수가 있는 줄 알았는데
벚꽃에도 능수가 있네!
지금 현충원엔 능수벚꽃(수양벚꽃) 축제가 한창이다
여의도 벚꽃축제 못지 않다
윤중로는 벚꽃뿐이지만
현충원은 온갖 꽃들로 수놓고 있다
흰벚꽃, 능수벚꽃, 향기좋은 라일락, 백목련, 자목련
홍매화, 백매화, 앵두꽃 등 꽃잔치다
서달산 기슭엔 울긋불긋 울긋희끗
군데군데 핀 꽃이 마치
오케스트라 연주하듯 조화롭다
머리에 핀 흰 버짐처럼
알록달록 꽃들의 경주다
서달산 기슭에서 한강을 굽어보고 계신
호국영령께서도
아름다운 꽃잔치에 동참하여 주시옵소서

소래포구

오이도행 열차에 몸을 실으니
차창밖 신록이 싱그럽다
봄 햇살 받은 쪽빛바다는
일렁이는 파도에 더욱 빛난다
다리 밑으로 통통배 지나가니
먹이 찾던 새들 화들짝 놀란다
다리 위로 부는 봄바람에
모자 날릴까 걱정된다
포구 내 수산시장
장바구니 든 인파로 시끌벅적하다
조개 한 소쿠리로 조개구이 하려하니
탁탁 소리내며 아구 벌린다
미안하다! 조개야!
어느덧 소래포구는 바닷물로 가득하다

홰나무꽃(회화나무)

여름은 깊어가는데
창밖의 홰나무꽃
뒤늦게 흐드러졌다
군자님네 선비님네
어딜 다 가시고
화사한 회화꽃만
바람에 하늘거리느뇨
나는 회화나무
너는 이팝나무 다투지만
무식한 자 큰소리치고
고개 숙인 자 말이 없지
어지러운 이 세상에
이팝나무 될까 두렵네

계절

내 날(日)이다 네 날이다
말복 입추 다투더니
가을 추자(字) 입추(立秋)가
더울 복자(字) 말복(末伏)을
이겼는가 보다
창문을 여니 귀뚜라미 소리 처량하고
멧비둘기 울음 구슬프다
계절은 속일 수 없는 듯
아침 저녁 서늘한 바람
무더위가 언제였던가!
너무나 무딘 감각
계절 잊고 살았는데
문득 세월이
쏜살 같음이 웬 말인고!

겨울벗꽃

벗꽃이 활짝 피었다
겨우내 앙상한 가지에 새싹 돋더니
여름의 생생한 푸른 잎은 없어도
더욱 더 화사하고 소담스럽다
햇빛에 반짝이는 꽃송이는
세상의 더러운 티끌과 탐욕
모두 덮어버리고
은빛 가지마다
송글송글 피었다
이 세상 이 천지가
자기의 손아귀에 있는 양 의기양양하다
내리쬐는 햇빛이 너를 시샘하더라도
오래오래 피어
맑고 밝게 세상 비춰다오
이 겨울 가고 새봄 맞을 때까지
피고 지고 지고 피고 해다오

천도복숭아(까틀복숭아, 개복숭아)

봄바람에 꽃눈 흩날리고
봄비에 꽃비 내려 수북해도
즈려밟고 가기 부끄럽네
도화 만발한 무릉도원 간 그대들
예나 지금이나 선인일세
꽃진 자리 알알이 영근 열매
까틀 솜 날릴까 심술이네
미녀되고 예쁜 짝 찾을려거든
한입 듬뿍 베어물고 뱉지 마시라
까틀 복숭 울고 갈라
얼마나 향기롭고 맛있으면
하늘이 내린 그대에게
벌러지가 먼저 찾을꼬

* 벌러지 : 벌레

산적도사

산길을 터벅터벅 걷는데
갑자기 나타난 산적도사
앞길을 막고 서니
머리 끝이 쭈뼛하다
겁이 나 막대기로 휘두르니
숲속으로 도망간다
계속해서 툭툭 치며
숲속을 헤쳐 걸으니
메아리가 화답한다
숲과 바위 헤치고
물가에 이르면
아직도 못다 이룬 꿈
잠용을 거치면서
언젠가는
바라던 용으로 승천하리

송홧가루

온 산에 불이 난 듯
뿌연 연기가
몽실몽실 피어오른다
겨우내 견딘 모진 설음
한꺼번에 쏟아내듯
온산이 희뿌옇다
바람에 몸을 맡겨
한들한들 춤을 추니
뿌연 송홧가루
아지랑이 피듯 피어올라
온 산야 물들인다
힘 있는 자 세상 휘어잡듯
너 또한 온 세상을
노랑 세상 만드는구나

들장미

벌나비 꿀을 찾아
바쁘게 찾아들 왔었건만
계절이 지나가는 황량한 들판엔
찾는 이 없이 외롭게 피어 있는 들장미 한 송이
지난 시절 그리워하며 바람에 일렁인다
모양과 향기 다하지 않았는데
그 많던 상춘객들
혼자 두고 어딜 갔는가
그러나 외롭다 실망 말거라
떠났던 길손들 좀이 쑤셔
그대 찾아 다시 오리라

귀뚜리

어디서 지내다가
각설이처럼 또 왔구나
가을을 알리는 것이 낙엽뿐이 아니라는 듯
기분 좋을 때는 아름다운 노래소리
울적할 땐 슬픈 가락
기교 있는 너의 모습 이리저리 찾았건만
부끄럼 타는 너는 모습 보이려 하지 않는구나
나야 따뜻한 방에서 겨울 나겠지만
북풍한설에 너는 어디서 지낼꺼나
다음 시절 다시 찾을 때는
곱디 고운 노래만 불러다오

물고기와 놀다

하도 더워
계곡물에 첨벙 뛰어드니
먹이인 줄 알고
물고기 모여든다
세상 부러울 것 없이
물에 누워 오수를 즐기는데
무언가 발 긁는 것 같아
들여다보니
썩은 살 갉아먹는 구충어(驅蟲魚)다
신선한 물고기와 친구한 지
어언 반 나절
몸뚱이는 시원하나
속은 불덩이다
고기야! 몸만 긁지 말고
화끈거리는 몸속도 식혀다오

나팔꽃

너는 지금 누굴 위해 연주하고 있는가
여름의 끝자락 따가운 태양 아래
하늘 향해 무슨 연주를 하는가
황금색은 아니지만
청초한 연분홍 나팔을
바람 부는 대로 향해 연주하는구나
혹자(或者)는 세상 향해
말도 안 되는 나팔을 불지만
너는 수르스트리밍이나 홍어처럼
썩고 썩은 냄새나는 사람, 장미처럼 향기나는 사람,
좋은 사람, 나쁜 사람 가릴 줄 아는구나
그러나 깨끗한 사람 썩은 사람
좋은 사람 나쁜 사람 어느 누구도
너의 주옥 같은 아름다운 연주를
듣고 싶어 할 뿐 아니라
세상 밝혀 줄 등불 같은 곡을 연주해 달라고
아우성이구나
오늘도 바람에 나팔거리는
너야말로 꽃 중의 꽃이 아니더냐

*수르스트리밍 : 스웨덴의 청어 삭힌 냄새. Au 8070으로 홍어 6230보다 훨씬 냄새가
　　　　지독함.

배롱나무(백일홍)

바람에 하늘하늘
힘에 부친 것인가
백일동안 붉은 것이
지겨워서 그러한지
땅으로 하늘로 이별가를 부른다
땅에 떨어진 것이야
즈려밟고 가면 되지만
하늘 높이 솟은 것은 어찌 하란 말인가
붉다고 곱다고 뽐내지 말거라
나도 그대처럼
홍안이었던 때가 어제였니라
예미 신부 여기저기 숨겨두고
그대 오래오래 뽐내지만
가는 세월 속타는 마음 알기나 하는가
이 해가 가면 그대 더욱
어여쁜 꽃 피우겠지만
깊은주름 하나 둘 늘어가는
이내 몸은 세월 감이 두렵구나

계곡수(溪谷水)

여름 끝자락
불사주야(不舍晝夜)
그대는 그칠 줄 모르는가
쓸쓸한 계곡엔
계절 잊은 매미소리 처량하고
그 많던 인파는 다 어디 가고
쓰레기와 오물만 가득한가
계곡 여기저기 밤 떨어지는 소리 즐겁고
뭇사람들 몸과 마음 씻어주던
그대는 산오르는 사람들의
감로수가 되어주네
그대는 항상 주기만 하는 성인
받는 것이라곤 상처뿐인 영광뿐이로다

산딸나무꽃

저렇게도 많은 나비가
눈꽃처럼 내려 앉았다
빨간 딸기 따먹기는
철 일러서 어쩔려나
일렁이는 바람결에도
나부끼는 나뭇잎 등살에도
날개만 펄렁일 뿐
끄떡않고 앉아있다
은빛 달빛에
더욱 청초하고 희맑다
이제 곧 훨~ 훨~
먼 여행 떠나겠지

망향(忘鄕)

하늘가 끝닿은 곳
구름이 머물다 간 저 너머
내 고향이 있다고 항상 가슴 저미었지
고향 떠난 지 어언 반 세기
가족과 함께 거마로 돌아드니
인적과 옛집 간 데 없고
물빠진 호숫가엔 잡초만 무성하다
용이 머물던 호수 밑바닥에서
오랫동안 잠자던 집터엔
깨진 기와조각과 손때 묻은 세간만 나뒹군다
처음 온 처자식에게
여기가 아버지 태어난 방
저기가 옛 친구와 물장구치고
고기잡던 낙동강이라 일러주니
저도 가슴 울적 나도 눈물 글썽
오곡백과 무르익던 들판에는
오가던 옛길 아련하고
호미 메고 소 몰던 추억 눈에 선하다
이제 곧 비 내리면
그 모습 감출래라
보고 또 보며
몸과 마음 달래노라

태를지국립공원(몽고)

끝없이 펼쳐진 광야는 지평선이 여기 있음을 알겠네
울창한 숲과 초원엔 마소와 양떼가 평화롭게 풀을 뜯고
황량한 들판에는 휘날리는 먼지가 앞을 막는다
天下를 말 달리며 호령하던 징기스칸의 발자취 여기던가 저기던가
어제는 먼지 휘날리는 황량한 벌판이었는데
비 내린 오늘은 평화로운 도원경이네
짧은 여름 즐기려는 들꽃과 곤충들 겨울준비 분주하고
평풍처럼 둘러친 칼바위들은
그 옛날 울창했던 산림이었으리
머리맡에 반짝이던 별들의 향연 새벽맞아 자취 감추고
눈썹 같은 상현달이 싸늘한 여름 새벽 비추고 있네
비바람 몰아치는 게르에는 오늘도 집 나간 주인 기다리네

서래섬 메밀꽃

소금을 뿌린 듯 솜을 입힌 듯
새하얀 섬밭엔
때늦은 벌나비 제 세상 만난 듯
날개 팔락이며 오수 깨운다
은빛 강위로
하얀 옷을 입혀
가을바람에 잔물결 춤추는
하얀 돛단배
저 멀리 평창에서 온 나그네
여기서 몸 풀고
강동네 이웃에게 반가운 인사하네
까만 씨앗 맺기까지는
숱한 하객에 손짓하며
둥근 섬
둥근 달
둥근 가을과
한바탕 놀아보겠네

진정한 봄

한 겨울
서달산 자락길을 걷는데
나무가 나에게 물었다
"봄은 언제 부터인가?"라고
나는 춘삼월이라 대답하니
나무는 절레절레 고개를 흔들며
봄은 진정한 봄이 와야 봄이니라

파리

다가서라는 말에
바짝 다가서니
파리 한 마리
날 잡아보라는 듯 조용히 앉아 있다
정조준하여 힘차게
물줄기 뻗질러도 꼼짝 않는 파리
노쇠하여 힘줄기 약해졌나 걱정하고 있는데
소기의 목적 달성한 파리
의기양양한 듯 단꿈에 빠져든다

충효길 예찬

신선한 풀 향기가 코를 즐겁게 하는
푸른 숲이 있어 좋고
알록달록 옷 갈아입어 눈을 즐겁게 하는
예쁜 단풍이 있어 좋으며
아름다운 노래 불러 귀를 즐겁게 하는
새가 있어 좋다
사박사박 밟는 소리에 마음을 즐겁게 하는
낙엽이 있어 좋고
서로의 사랑 주고받는
길동무가 있어 좋다
나라위해 목숨 바친 순국선열의 얼이
옆에 있어 좋고
채옹의 지극한 효도와
호동과 선화공주의 애끓는 사랑을
보여주는 연리목(連理木)이 있어
이곳이 충효 길임을 알리라

저녁노을(황혼)

네 이름은 끝자
딸 많은 막내의 설음이다
그러나 너의 아름다움에 넋 빠진 인간들
하루의 끝자락을 시샘이나 하듯
너의 사랑을 독차지 하려하지
몸매는 부드러워 비단을 두른 듯 하고
얼굴은 황금을 바른 듯 황홀하지
끝자야! 예쁘다고 너무 자랑 말거라
저 수평선 너머로
곪고 찌든 몸에 월광욕 시켜줄
영롱하고 아리따운 말자가 곧 태어나리라
여태껏 너를 좋아하던 해바라기들
언제 그랬냐는 듯 너를 돌아서지
해가지면 어둠이 오고
밝은 태양도 먹구름에 가리듯
끝자는 더 이상 끝자가 아니니라

최초이자 필생의 작품집

　시인 이유걸은 선비의 고장 경북 안동에서 태어났다. 조선 연산군 중종 때의 학자이자, 문신인 농암(聾巖) 이현보(李賢輔) 선생의 후손으로, 증조부는 독립애국지사였다. 면장을 지낸 유학자인 부친 슬하 5남 3녀 중 3남인데, 백씨(伯氏)가 서울특별시 송파구청장을 역임한, 전통있는 가문 출신이다. 아호(雅號)는 분강(汾江)으로 낙동강 지류인 수려한 고향의 강 이름에서 따왔다. 지방 명문인 안동중학교와 대구상고를 졸업하고, 1967년 국민은행에 들어왔으니, 학교와 직장 모두 발문자의 2년 후배인 셈이다. 그가 1995년 '은행원의 꽃'이라 부르는 지점장으로 첫 발령을 받은 곳이 경북 구미 형곡동이다. 당시 비(鄙)는 구미지점장이기에 직장 선후배를 떠나, 외로운 객지에서 서로를 달래며 친밀하게 지냈다. 그 후 서울시내 여러 점포장을 거쳐, 총 33년을 근속한 금융전문가이다. 성실 근면해 가정에서도 신망이 두텁다.

　산을 좋아해서인지 성품이 부드러워 대인관계가 원만하고, 지금까지도 호형호제하는 가까운 사이로 지낸다. 시인이 퇴직 후는 젊었을 때부

터 배워온 서예를 틈틈이 익히며, 문학에도 관심을 기울이던 중, 2014
년 비의 권유로 격월간지 「동방문학」 통권 제 69호(발행인 이시환)에 詩로
등단하면서부터 느즈막하게 문인으로서의 자질을 발휘하기 시작했다.
예전부터 꼼꼼히 기록해 모아둔 시 약 300여 편, 콩트를 포함한 산문 약
140여 편을 이번에 두 권으로 나누어 상재(上梓)한다.

　대부분 산과 자연, 인간관계를 소재로 했다. 전문 문필가가 아니기에
문장이 유려하지는 않지만, 느낀 그대로를 담담하게 묘사함으로써 수수
함이 돋보인다. 선인은 대교약졸(大巧若拙)이라 했다. 특별한 기교나 미
사여구(美辭麗句)없이 쓴 글이, 오히려 잔잔한 감동으로 다가와, 그의 일
상에 대한 열정을 엿볼 수 있다. 시인은 처음 육필 출판을 희망했으나,
초고가 붓 혹은 펜글씨가 아닌 점, 독서의 시각적 효과 등의 이유로 통
상인쇄로 바꾸었다.

　이 글은 일반적인 평설이나 해설문이 아닌 까닭에, 본문의 시는 일체
인용하지 않기로 한다. 한 아마추어 작가의 자연관 인생관이 무섭게 변
하는 현대인에게 향수를 달래주고, 한편 찌든 삶에 여운과 여백을 남겨
주는 일말의 매체가 되었으면 하는 바람이다. 금년에 고희를 맞는, 그의
최초이자 필생의 작품집이기에, 시인 자신이 더 애착을 가질 것이다. 어
쩌면, 마지막 문집이 될지도 모를 옥고(玉稿)에 찬사를 보내며, 발문을 끝
맺는다.

不佞 **韓相哲** 謹識

清洲 韓家 (사) 한국한시협회 회원 (사) 한국문인협회 회원 (사) 한국시조시인협회 회원.
(사) 대한산악연맹 서울특별시 이사 역임.
저서: 산악시조집 〈山中問答〉 외 총 4권. 한시집 〈北窓〉

汾江 이유걸(李裕杰) 시집

초목도 존엄이 있다

초판인쇄 2016년 05월 25일 **초판발행** 2016년 05월 30일

지은이 **이유걸**
펴낸이 **이혜숙** 펴낸곳 **신세림출판사**
등록일 1991년 12월 24일 제2-1298호

04559 서울특별시 중구 창경궁로 6, 702호(충무로5가, 부성빌딩)
전화 02-2264-1972 팩스 02-2264-1973
E-mail : shinselim72@hanmail.net

정가 15,000원

ISBN 978-89-5800-172-0, 03810